## *Sur l'auteure*

Futhi Ntshingila est née à Pietermaritzburg en Afrique du Sud. Elle exerce le métier de journaliste à Pretoria. Elle aime écrire sur les femmes qui vivent en marge de notre société. *Enrage contre la mort de la lumière* est son deuxième roman, honoré par le Skipping Stones Book Award, sélectionné comme « œuvre internationale exceptionnelle » par le United States Board on Books, et listé pour le Sunday Times Barry Ronge Fiction Prize.

FUTHI NTSHINGILA

# ENRAGE CONTRE LA MORT DE LA LUMIÈRE

Traduit de l'anglais (Afrique du Sud)
par Estelle Flory

10
18

BELLEVILLE ÉDITIONS

Ce livre a bénéficié d'une aide
à la traduction du Centre National du Livre.

Titre original :
*Do not go gentle*


Première publication par Modjaji Books (Pty) Ltd 2014.

ISBN : 978-2-264-07958-9
Dépôt légal : mars 2022

*Aux enfants qui vivent aux marges de la société*
*et dont les difficultés sont colossales.*
*Vos voix comptent.*

N'entre pas sans violence dans cette bonne nuit,
Le vieil âge devrait brûler et s'emporter à la chute du jour ;
Rager, s'enrager contre la mort de la lumière.

Bien que les hommes sages à leur fin sachent que l'obscur est mérité,
Parce que leurs paroles n'ont fourché nul éclair ils
N'entrent pas sans violence dans cette bonne nuit.

Les hommes bons, passée la dernière vague, criant combien clairs
Leurs actes frêles auraient pu danser en un verre baie
Ragent, s'enragent contre la mort de la lumière.

Les hommes violents qui prient et chantèrent le soleil en plein vol,
Et apprenant, trop tard, qu'ils l'ont affligé dans sa course,
N'entrent pas sans violence dans cette bonne nuit.

Les hommes graves, près de mourir, qui voient de vue aveuglante
Que leurs yeux aveugles pourraient briller comme météores et s'égayer,
Ragent, s'enragent contre la mort de la lumière.

Et toi, mon père, ici sur la triste élévation
Maudis, bénis-moi à présent avec tes larmes violentes, je t'en prie.
N'entre pas sans violence dans cette bonne nuit.

Rage, enrage contre la mort de la lumière.

Dylan Thomas (1914-1953),
*Vision et Prière* (Poésie/Gallimard, 1991),
Traduit de l'anglais par Alain Suied.

# Chapitre 1

Après l'enterrement de Sipho les choses empirèrent peu à peu pour Mvelo et sa mère Zola. Mvelo était jeune, mais elle se sentait vieille comme une chaussure usée. Elle avait quatorze ans et son esprit quarante. Elle arrêta de chanter. Pour sa mère, elle essayait de toutes ses forces de rester optimiste, mais l'espoir glissait entre ses mains comme un poisson. Elles se trouvaient déjà dans une situation difficile, lorsque quelqu'un du bureau de versement des pensions avait décidé de suspendre leurs aides sociales. Elles recevaient une aide parce qu'elle était mineure, élevée par une mère célibataire de trente et un ans ; l'autre était pour Zola, à cause de son statut.

L'idée de n'avoir aucun argent pour se nourrir, pour vivre, rendait Mvelo folle furieuse. « Pourquoi les aides sont-elles suspendues ? Ma mère est toujours trop malade pour travailler », s'insurgea-t-elle auprès de la fonctionnaire aux yeux injectés de sang qui se jetait des cachets dans le gosier comme si c'étaient des cacahuètes. Ses extensions mal posées et son maquillage raté la faisaient ressembler à un homme qui se serait déguisé. Pour toutes les personnes qui faisaient la queue, il était évident que la fonctionnaire avait la gueule de bois.

« *Hhabe, hhayi bo ngane ndini*[1], pose la question à quelqu'un qui s'en soucie. Tu vois ce qu'il y a écrit ici : INTERROMPU. Il faudra que tu ailles à Pretoria où tous tes documents sont traités. Maintenant, du balai, dit-elle avec un geste agacé de la main, c'est l'heure de mon déjeuner. » L'esprit de la fonctionnaire était déjà tourné vers une bière fraîche pour remédier à la gueule de bois.

Zola empêcha sa fille d'insister auprès de la femme.

« Ça ne servira à rien, Mvelo, rentrons à la maison. On trouvera une solution. » Elles faisaient peine à voir. Zola n'était plus que l'ombre de l'athlète qu'elle avait été. Sa haute taille la faisait paraître encore plus malade qu'elle ne l'était. Les gens dans la queue comméraient derrière leurs mains, comme d'habitude. La vue d'une personne manifestement malade semblait les exciter, les encourager à parler d'une réalité qui concernait sans doute nombre de ceux qui attendaient là, même si ça ne se voyait pas.

Mvelo et Zola avaient emprunté de l'argent pour payer le taxi qui les avait amenées au bureau de paiement des pensions. À présent, elles allaient devoir marcher, et la chaleur de Durban était suffocante. Des larmes cuisantes piquaient les yeux de Mvelo ; un nœud lui brûlait la gorge. Elle but de l'eau et commença à naviguer à travers la foule pour rejoindre la route, s'en retournant avec sa mère

1. « Oh, non, pas cette gamine stupide ! » *(Toutes les notes sont de la traductrice.)*

fragile. Juste à ce moment-là, un ange incongru se matérialisa dans la file sous la forme de maDlamini.

« Mvelo ! » appela-t-elle. Pour une fois, Mvelo était heureuse de répondre à son appel. Elle manqua s'évanouir sous l'effet cumulé du soulagement, de la faim, de la chaleur.

« Ils ont dit que nos aides étaient interrompues, et maintenant on n'a plus d'argent pour rentrer à la maison. »

Les larmes de colère et de désespoir face à leur situation ne cessaient de couler. MaDlamini les réconforta en roucoulant et leur offrit de quoi payer la course de taxi. Son acte de générosité était motivé par l'attention qu'il attirait de la part des curieux.

C'est ce jour-là, lorsque l'aide pour handicap de sa mère fut suspendue, que Mvelo arrêta de penser au-delà du jour suivant. À quatorze ans, la fille qui aimait chanter et rire cessa de voir le monde en couleurs. Il devint terne et gris à ses yeux. Elle devait réfléchir en adulte pour garder sa mère en vie. Elle était dans un trou très noir. Un jour, elle se réveilla et décida que l'école, ce n'était pas pour elle. À quoi bon ? Dès qu'ils découvriraient que sa mère ne pouvait plus payer, ils la jetteraient dehors de toute façon.

Zola insistait pour qu'elles se rendent à l'église, même quand elle était au plus mal. Physiquement, elle était faible, mais sa volonté de vivre ne l'avait pas abandonnée. Son rapport à l'église n'était toutefois pas strictement conventionnel. Elle priait différemment des autres gens. Quand les choses la dépassaient, elle disait :

« Eh bien, Mère de Dieu, que dire de plus ?

Nous, les oubliés, nous fouillons les décharges à la recherche de miettes pour nous sustenter le temps d'une journée, pour faire taire les gargouillements de nos estomacs. Nous sommes armés des ARV pour affronter en un duel sans fin l'ennemi infatigable et sans visage qui a laissé beaucoup d'entre nous orphelins de mère. Nous, les oubliés, nous savons que le jour des ordures, c'est le lundi.

« Nous sortons en nombre les lundis matin, fouiller les sacs noirs qui renferment pour nous la ligne chétive entre la vie et la mort. Nous cherchons des restes pour tapisser nos intestins, les protéger des médicaments corrosifs que nous devons avaler, sous peine de mourir et de laisser derrière nous des orphelins. Nous y plongeons les mains, nous nous fichons des odeurs et de la pourriture. Les vers explorent notre chair tiède tandis que nous fourrageons dans les ordures pour trouver notre salut, gagner du temps pour nos enfants. Nous vivons des poubelles des riches. Certains d'entre eux viennent jusqu'à la grille nous offrir des restes propres, d'autres sortent pour nous chasser. Nous sommes les oubliés, habitants des taudis aux marges de la société ; le fléau des banlieues. Nous passons de poubelle en poubelle, espérant dénicher quoi que ce soit qui nous gagne du temps. »

C'était le genre de conversation qu'avait Zola avec la Mère de Jésus à la fin d'une longue et chaude journée, tandis qu'elle se tenait debout au milieu de la cahute qu'elle partageait avec Mvelo, à laver des plats dans une bassine en plastique bleu vif. « Demain est un autre jour pour nous », disait-elle en passant de Marie à Mvelo.

Parfois, Mvelo souhaitait ardemment que sa mère soit simplement normale, qu'elle prononce « Mon Dieu » au début et « Amen » à la fin, comme les autres. Mais Mvelo et sa mère n'étaient pas normales, elle s'en était rendu compte bien assez tôt.

Mvelo avait pitié de Marie quand sa mère priait. Zola ne croyait pas au langage fleuri qu'emploient la plupart des gens pieux. Elle attaquait directement avec ce qu'elle avait sur le cœur. Elle était comme Jacob, cet antique homme de la Bible, qui avait lutté avec Dieu toute une nuit.

À ce moment-là, elle n'était plus forte physiquement. Même un souffle de vent aurait pu la renverser. Mais sa volonté était dure comme l'acier. Sa force intérieure pouvait changer un lion en paisible chat ronronnant.

Après avoir pris ses ARV qu'elle allait chercher à la clinique, tous les soirs à huit heures précises, elle s'allongeait sur leur unique matelas d'éponge posé sur des briques. Mvelo écoutait sa mère rêver tout haut ses vœux de voir un jour sa fille devenir chanteuse. Son regard se faisait alors lointain. Dans la lumière douce des bougies, Mvelo voyait ses yeux briller du rêve d'atteindre les étoiles à travers sa fille. Elles dérivaient vers le sommeil, bercées par les voix des voisins avinés qui chantaient, riaient, juraient ou se battaient, selon la direction que prenait leur humeur.

Le désespoir de Zola était particulièrement puissant les jours où elle revenait d'une journée de travail à la tâche sans rien à manger pour le dîner. Même quand Mvelo tentait de la réconforter en lui disant qu'elle n'avait pas faim, Zola ne cessait de se reprocher leur situation. Ces jours-là, Zola était très triste, et le poids qui l'écrasait pesait aussi sur Mvelo, happée dans la noirceur de l'humeur maternelle.

Mais le jour suivant, elles recommençaient, les signes de la vie palpitant de nouveau autour d'elles.

Un jour, elles s'éveillèrent toutes les deux au son bourdonnant d'une nouvelle Église évangéliste dont la tente venait d'être dressée près de leurs cahutes. Haut-parleurs et micros étaient testés et préparés pour une semaine de renouveau de la foi. Zola était tout excitée, car elle pensait qu'un des chefs de l'Église découvrirait peut-être la voix de sa fille et s'efforcerait de promouvoir son talent. « Entonne les chœurs et donne tout ce que tu as. Ne retiens rien, chante à pleins poumons comme si ta vie en dépendait », c'étaient ses consignes à Mvelo avant chaque service. Elle ne les rejoignait qu'après huit heures parce qu'elle devait d'abord prendre ses ARV. Mvelo fit ce qu'on lui demandait, et chaque fois qu'elle chantait, elle sentait une excitation électrique sous la tente.

Les chefs commencèrent à poser des questions au sujet de la jeune fille qui avait un don. Les réponses étaient toujours des murmures. « C'est l'enfant de Zola. Oui, celle qui est malade des trois lettres », racontait maDlamini à la langue bien pendue à qui voulait écouter les misères de leurs vies dans les taudis.

En plus d'insister pour que Mvelo se rende à l'église tous les dimanches, Zola l'incita fortement à rejoindre les filles qui allaient faire tester leur virginité. « Mvelo, je sais que tu ne fais rien de mal avec les garçons, mais je veux que tu y ailles, pour ma tranquillité d'esprit », plaida-t-elle quand Mvelo refusa. De nombreuses mères encourageaient leurs filles de cette façon, pour s'assurer qu'elles n'avaient pas été abusées sexuellement et gardaient cela sous silence.

Mvelo céda et se rendit aux tests, mais c'était pour des raisons de survie. Elle parvenait à revenir avec plein de nourriture, cachée dans des sacs en plastique, qu'elle récoltait et mettait de côté pour Zola. Bien qu'elle n'ait pas assez à manger elle-même, elle grandissait et commençait à ressembler à une femme. Elle avait des courbes aux bons endroits et elle était grande, mais pas tout à fait aussi grande que sa mère. Une fleur sauvage qui poussait sans être soignée, arrosée par les pluies, réchauffée par les rayons du soleil, elle grandissait.

La toux persistante de Zola empira, surtout la nuit. Parfois, au fond des ténèbres, Mvelo l'entendait pleurer doucement. Ces heures bruissaient d'autres sons à vous briser le cœur : le hurlement d'un chien solitaire qui voyait des esprits tourmentés s'agiter, ou bien des criquets lançant leurs appels et des grenouilles répondant depuis les marais dans d'étranges coassements. Le pire, c'était les moustiques, gémissant après le sang et leur tournant autour tels des vautours. Les seuls bruits nocturnes qui donnaient à Mvelo l'espoir de la lumière étaient les chants des coqs, annonçant l'approche du matin. Alors, la lutte contre la nuit s'achevait. Elles avaient survécu pour voir un jour nouveau.

Elles avaient découvert le don pour le chant de Mvelo quand elles avaient commencé à fréquenter une église après avoir reçu les résultats positifs de Zola. Elles avaient très mal dormi la nuit précédente parce que Zola n'arrivait pas à respirer, elles avaient toutes deux dérivé entre veille et sommeil. Mvelo devait tâtonner dans l'obscurité pour trouver sa mère et lui donner de l'eau à boire. Elles n'avaient plus assez de bougies. À travers les fentes des murs de leur cahute, à la lueur de la lune, Mvelo trouva le sachet de pilules de Zola et lui donna du Panadol pour soulager sa douleur.

Quand les coqs chantèrent, annonçant l'aube d'un nouveau jour, Mvelo accueillit avec gratitude la lumière du matin. Elles se levèrent et se rendirent à l'église où Mvelo chanta comme si le ciel s'ouvrait en deux. Quand elle chantait, elle ne ressentait plus la peur. Elle flottait dans un monde où la maladie n'existait pas. Elle chantait pour se libérer du taudis humide et froid qui leur servait de foyer, de la faim, de la maladie et de la douleur de Zola.

Sa peau fourmillait, ses yeux étaient fermés, et son chant fit descendre Dieu dans l'église. Quand elle revint à elle, elle chantait seule, les fidèles la regardaient, sidérés, et le visage de Zola était illuminé.

« Tu n'étais plus avec nous quand tu chantais comme ça. J'ai senti un frisson glacé le long de ma colonne. Je jure que Dieu était parmi nous. Ça fait quoi de chanter comme ça ? » demanda Zola à sa fille. Mvelo ne pouvait le décrire autrement que comme la sensation d'être entrée en transe.

« J'ai vu un arc-en-ciel de lumières colorées briller devant mes yeux et quand je suis revenue à moi, je me sentais libre et heureuse. »

Sur le chemin du retour, en rentrant de l'église, Zola entra chez un vendeur de rue et acheta des Oreos avec ce qu'il lui restait d'argent. C'étaient ses biscuits préférés. Sipho, l'homme qui avait partagé sa vie durant treize ans, en achetait souvent du temps qu'ils étaient heureux. Zola et Mvelo continuèrent leur route jusqu'à leur cahute, où elles s'assirent dehors et trempèrent les Oreos dans leur thé. En silence, elles mangèrent la bouillie brune avec de la crème blanche dedans, savourant le goût sucré, et Mvelo devinait que l'esprit de sa mère était bien loin, se remémorant les jours d'abondance dans la maison de Sipho.

Zola gloussa doucement en se rappelant l'une de ses histoires drôles. « Tu te souviens de Khanyisile, mon amie qui travaillait au *shebeen*[1] de Skwiza ? C'était à peu près au moment où les anciennes écoles réservées aux Blancs, les Model C, ont commencé à s'ouvrir aux enfants noirs. » Elle se pinça le nez pour se moquer de leur accent d'école privée.

« Je crois qu'on l'avait nommée Khanyisile à cause de sa peau si claire. Quoi qu'il en soit, la voisine de Skwiza, Dudu – celle qui a épousé le policier qui a fini par se servir d'elle comme d'un punching-ball – lui avait demandé d'être sa demoiselle d'honneur. Et nous voilà parties au salon de

1. À l'origine, bar ou club illicite où des boissons alcoolisées étaient vendues sans licence à une époque où l'apartheid interdisait aux Noirs l'accès aux bars réservés aux Blancs. Aujourd'hui, ils sont légaux et font partie intégrante de la culture urbaine sud-africaine.

coiffure pour qu'elle se fasse lisser les cheveux, qu'ils émergent bien raides de la laine d'acier de ses boucles crépues.

« Khanyisile s'est assise sur l'un de ces fauteuils à roulettes en cuir noir, la tête renversée en arrière dans le bac pour qu'on lui lave les cheveux avant le long processus qui devait aboutir à l'effet désiré.

« La femme qui occupait le fauteuil d'à côté se faisait poser des extensions tressées dans sa propre chevelure. Elle était sur son trente et un, avec des bottes rouges de folie, un pantalon noir ajusté et un haut crème au décolleté qui semblait crier "regardez-moi !". La femme qui s'occupait d'elle avait une coupe courte ordinaire et sa peau était de cette nuance foncée qui attirait l'attention des policiers et les poussait à lui demander de présenter des papiers d'identité prouvant qu'elle n'était pas une immigrée clandestine. Elle travaillait en silence à la coiffure de cette femme, comme une vraie professionnelle, séparant les longues pièces soyeuses et les attachant aux cheveux de la femme, armée d'une aiguille acérée. La moindre erreur pouvait causer une lésion cérébrale irréversible.

« On avait étalé de la vaseline sur le front de Khanyisile pour le protéger des produits chimiques corrosifs. La matière blanche et nauséabonde était appliquée sur ses cheveux mèche par mèche, puis elle attendait qu'elle démêle ses boucles. L'indice que le produit chimique faisait son œuvre était une sensation de brûlure, de démangeaison. Après quelques minutes, elle a fait signe à sa coiffeuse que la brûlure avait commencé.

« Deux adolescentes sont entrées dans le salon,

bavardant d'une voix forte dans leurs nouveaux accents. Elles ont dit qu'elles allaient à l'anniversaire des dix-huit ans d'une camarade de classe et qu'elles voulaient avoir l'air "cool" et "stylé" pour l'occasion. Elles ont demandé à la coiffeuse de faire quelques retouches, s'il vous plaît, à leurs tignasses jaunâtres peroxydées censées passer pour des chevelures blondes. »

Les tentatives de Zola pour imiter leur accent firent éclater de rire Mvelo. Elle se renversa du thé chaud sur les genoux, bondit sur ses pieds, et elles s'esclaffèrent de nouveau.

Elles essuyèrent toutes deux les larmes de leur fou rire, et Zola poursuivit son histoire. « Donc, elles disent que leurs racines brunes sont en train de repousser et qu'elles ne peuvent pas ressembler à des ratons laveurs pour leur soirée. La femme qui se faisait poser des extensions à côté de Khanyisile n'arrivait pas à cacher son dégoût pour ce qu'elle appelait *la brigade du nez*. "Ces fausses Oreos des Model C... Elles se pavanent ici en parlant du nez." Il y a eu un silence gêné pendant qu'on l'écoutait vider son sac devant les adolescentes. Entre-temps, la moitié de son crâne avait été recouverte de longues mèches soyeuses importées de Corée, et l'autre, de ses propres cheveux courts traités chimiquement.

« De minuscules perles de sueur avaient éclos sur son visage à mesure qu'elle s'énervait. En regardant de plus près, j'ai vu que ce parangon de femme africaine avait la figure beaucoup plus claire que ses mains et ses oreilles. Manifestement, elle utilisait un éclaircissant pour la peau.

« Les deux filles Oreo n'avaient rien à faire de

cette femme. Elles mâchaient leur chewing-gum crânement en attendant leur tour.

« À présent, des ricanements s'élevaient de tous les recoins du salon. En partant, on a explosé de rire. J'ai regardé Khanyisile et sa toute nouvelle coiffure et j'ai dit : "J'ai besoin d'un Oreo." »

Mvelo adorait voir sa mère rire. Ça ne lui arrivait plus très souvent, parce qu'elle passait tout son temps à réfléchir et à se faire du souci.

## Chapitre 2

Le dernier jour du renouveau de la foi, le révérend Nhlengethwa demanda à Mvelo de rester après le service. Il dit qu'il devait prier pour elle et lui donner la force de l'Esprit Saint afin que son don s'épanouisse. Dans l'intimité de son bureau de fortune, il lut des passages de la Bible, posa la main sur sa tête et pria. Puis il l'enlaça doucement. Son geste tendre lui rappela Sipho, la seule figure paternelle qu'elle eût jamais connue. Le geste fit resurgir toute la souffrance qu'elle avait dû endurer ces deux dernières années. C'était un soulagement d'être serrée dans des bras. Elle appuya sa tête contre son large torse, un signal qu'il prit pour consentement. Ce qui se passa ensuite se déroula pour elle comme un mauvais rêve.

Ses mains travaillèrent vite, trouvant ce qu'il cherchait. Il plongea en vitesse et brutalement, déchirant son monde et ses illusions en lambeaux. *L'œil*, son innocence, n'existait plus. Déflorée et détruite. La pensée d'une testeuse de virginité la regardant avec dégoût détourna son attention de la douleur qui brûlait entre ses jambes.

Elle imaginait le regard blessé et déçu, honteux et impuissant de Zola, pendant que le révérend Nhlengethwa la toisait de toute sa hauteur, un air satisfait sur le visage, en se rhabillant. Il affichait le sourire narquois d'un homme content de soi et ne prononça pas un mot. La couleur de la vie quitta Mvelo, s'écoulant de ses cuisses sur le sol. Un iceberg d'eau gelée se forma dans sa poitrine, pétrifiant ses larmes et son cœur.

Elle avait appuyé la tête sur son torse, et quand de protecteur il s'était mué en loup, le choc l'avait paralysée. Son âme se replia et se nicha dans une coquille dure qui se créa dans sa poitrine. Dans son esprit, elle effaça son prédateur de l'existence, lançant des éclairs pour qu'ils aspirent toute sa force vitale, le laissant aussi sec qu'un épouvantail mort dans les champs.

Elle rajusta sa tenue, essuya le sang entre ses jambes et rentra chez elle sans un mot. Elle posa un pied devant l'autre jusqu'à ce qu'elle arrive à la maison où l'attendait Zola, le visage tout brûlant d'espoir. Elle ne pouvait pas raconter à sa mère ce qui s'était passé, ça la tuerait. Elle était déjà fragile.

« Alors, est-ce qu'il pense que tu pourrais faire carrière dans le gospel ? Est-ce qu'il te fera rencontrer Rebecca Malope ? Est-ce qu'il… ? »

Les larmes de Mvelo la coupèrent dans son élan. Un barrage intérieur venait de craquer parce que la raison de vivre de sa mère avait été écrasée et foulée aux pieds. À travers ses larmes, Mvelo voyait le visage de sa mère se décomposer et vieillir d'un coup, de trente et un ans à quatre-vingts.

Mvelo pleurait pour sa mère plus que pour sa

propre douleur. Elle voulait oublier ce qui s'était passé. Elle avait besoin de ses forces pour prendre soin de sa mère malade, pour l'accompagner jusqu'à sa tombe dans la dignité. Alors elle sourit à travers ses larmes, rassemblant tout le courage qui lui faisait défaut. « Non, il a juste prié pour moi. C'est tout ce qu'il a fait. La tente s'en va dans une autre ville. »

Elles s'endormirent en silence dans les bras l'une de l'autre. C'est tout ce qui leur restait.

Après la tente, Zola perdit sa capacité à parler. Elle n'en avait plus l'énergie. Elle émettait seulement des bruits horribles de douleur qui jaillissaient en faibles petits gémissements. Mvelo ressentait chaque respiration laborieuse de Zola. C'était un travail pénible, elle était trempée de sueur rien qu'à inspirer et expirer. Ses yeux, bien qu'enfoncés dans leurs orbites creuses, brillaient encore quand elle regardait sa fille, sa seule raison de vivre.

Depuis que la tente évangéliste était partie, Mvelo essayait, mais elle avait perdu tout espoir, elle était renfermée et plus triste que l'odeur de la paraffine et de la fumée des bougies, l'odeur de la pauvreté. Celle qui imprégnait chaque bout de vêtement et chaque taudis du bidonville. Elle avait caché l'histoire sordide à Zola, mais une mère proche de la tombe perçoit certaines choses. Elle savait qu'un drame terrible et féroce avait touché l'âme de sa fille.

D'une maison de briques jusqu'à cet endroit ; Mvelo pleurait, repensant à la chaleur et la sécurité qu'elle avait ressenties dans la maison de

Sipho, à une époque qui lui paraissait si lointaine aujourd'hui. Ici, dans cet endroit oublié, les filles ne pouvaient pas jouer au soleil, s'aspergeant d'eau en sous-vêtements. Elles ne dormaient que d'un œil la nuit. À n'importe quel moment, la grossière porte de carton pouvait être enfoncée à coups de pied par des monstres nocturnes qui, comme les vampires, étaient trop timides pour se montrer à la lumière du jour.

Les oncles. Mvelo avait trop d'amies qui en étaient devenues les victimes. Ils allaient et venaient, laissant derrière eux des vies détruites, des cœurs brisés. Ils jouaient les petits amis auprès des mères célibataires en détresse qui semblaient ne jamais apprendre ; jouer le bon mari et le bon père pour les enfants d'un autre ennuyait les oncles. Comme des loups déguisés en agneaux, ils se tournaient vers les filles, causant des dommages physiques et des cicatrices mentales qui duraient toute la vie. Mvelo faisait partie des chanceuses. Elle avait au moins pu considérer Sipho comme un père. Même s'il l'avait déçue, il n'avait jamais abusé d'elle. Mais à travers l'expérience de nombreuses amies et camarades de classe, elle savait se méfier des hommes qui se nommaient eux-mêmes les oncles. Ils pouvaient être dangereux.

Avec ces pensées qui tournaient et tournaient en rond dans sa tête, une nuit, c'en fut trop pour Mvelo. Elle abandonna simplement toute illusion que sa mère guérirait et décida d'arrêter de lui donner les pilules. Elle la serra dans ses bras et dit : « Ma, tu ne vas pas mieux, et on n'a pas de nourriture pour aider les pilules à te soigner. C'est devenu trop douloureux. Je dois te laisser partir, et je te demande de lâcher prise et de te reposer. » Elle parla comme une femme qui a vécu de nombreuses années. Elle ne savait pas d'où ça lui venait.

Zola essaya de se redresser sur un coude et regarda sa fille droit dans les yeux. « Mvelo, je sais qu'il t'est arrivé quelque chose le dernier jour du renouveau de la foi. Je vois ton estomac qui grossit, et les lignes et la couleur sur tes seins. Promets-moi que tu ne feras aucun mal à la vie qui grandit en toi. C'est une vie innocente. Et je lâcherai prise à une condition, que tu me promettes de ne pas les laisser me mettre dans une boîte. Quoi qu'il arrive, enveloppe-moi dans une couverture et envoie-moi à Dieu, mais s'il te plaît, ne les laisse pas me mettre dans une boîte. » Ses doigts osseux serraient le poignet de sa fille comme un étau. Mvelo promit, même si elle ne savait pas comment elle y parviendrait.

Zola avait toujours eu peur des espaces clos. Elle savait qu'elle se montrait égoïste en faisant peser ce fardeau sur les épaules de sa fille, en lui demandant de promettre quelque chose qui serait difficile. Ni l'une ni l'autre n'eut de larmes, celles-ci demandent une énergie qui leur manquait à toutes les deux. Cette nuit-là, elles dormirent sans être trop dérangées. Mvelo était persuadée qu'à son réveil Zola serait partie. Mais le sort en avait décidé autrement, elle respirait toujours laborieusement quand Mvelo ouvrit les yeux au matin. Mvelo ne savait pas si elle devait s'en réjouir ou s'attrister.

C'était lundi et elle alla fouiller les poubelles en banlieue. D'une maison à une autre, cherchant n'importe quoi, des bouteilles de verre à revendre, du pain sec pour sa mère. Elle prenait tout ce qui épelait survie. Contrairement à d'autres mendiants, elle ne sonnait jamais aux grilles et ne cherchait jamais le contact. Seulement leurs ordures. Elle ne voulait pas de leur pitié.

Pendant des mois après que Mvelo eut arrêté de donner les pilules à Zola, celle-ci s'accrocha.

Le gros non-dit présent dans leur cahute, le ventre de Mvelo, grossit encore, révélant la vérité de cette nuit cruelle sous la tente.

Puis, un soir, Mvelo aussi fut prise d'une fièvre qui la plongea dans le délire. Les voisins les trouvèrent le lendemain. Zola, inconsciente dans une flaque de sang qu'elle avait craché toute la nuit. Et Mvelo, délirant dans une rivière de sueur due à la fièvre. Zola ne s'en sortit pas. Les docteurs déclarèrent qu'elle était morte de malnutrition et du sida.

À l'hôpital, quand le docteur trouva une vie qui poussait à l'intérieur de Mvelo, ses yeux se firent sévères. Elle annonça froidement la nouvelle que Mvelo connaissait déjà.

Après ces mots durs, Mvelo s'endormit.

Elle rêva qu'elle était pourchassée par un monstre. Elle était terrifiée, mais elle se souvint de la lampe torche dans sa poche. Elle s'arrêta et fit face à la créature, dirigeant sur elle le faisceau de lumière. Ses gestes étaient calmes et précis. Elle se dit qu'elle inonderait la bête de lumière jusqu'à lui voler son pouvoir. La bête avait baissé sa garde. À présent, Mvelo n'était plus la proie. Elle était le prédateur.

Le monstre poussa un cri de terreur et essaya de s'enfuir dans la direction opposée, loin de la lumière. Elle eut pitié de la créature qui s'était mise à gémir, et qu'elle dominait maintenant de toute sa taille.

Les piles de sa lampe étaient en train de mourir, comme le monstre devant elle. Elle regarda autour d'elle et se rendit compte que tout était devenu parfaitement silencieux. Le seul bruit était celui des battements de son cœur.

Quand elle s'éveilla, elle savait qu'elle ne serait plus jamais une proie facile. Quoi qu'elle décide de faire de son bébé, ce serait sa décision. Et d'une façon ou d'une autre, elle exaucerait le vœu de sa mère de ne pas être enterrée dans une boîte.

## Chapitre 3

Mvelo trouva la personne idéale pour l'aider dans sa mission, libérer Zola du cercueil. Elle se tourna vers Cleanman Ndlovu, un Zimbabwéen à dreadlocks qui s'était construit un foyer parmi eux, dans les taudis. Il avait été professeur au Zimbabwe. Contrairement à la plupart des réfugiés, il était arrivé en Afrique du Sud au début des années quatre-vingt-dix, tentant de fuir devant sa douleur, mais il n'avait trouvé dans les villes que de l'hostilité ; jusqu'à ce que son errance le conduise aux taudis, où il était possible de se perdre au milieu de tous ceux qui luttaient pour leur survie. Ici, à l'inverse d'autres lieux, personne ne harcelait qui que ce soit à cause de ses origines.

En plus, avec un nom comme Ndlovu et le ndebele pour langue maternelle, il se fondait dans la masse. En fait, il s'intégrait plus facilement que les Xhosas et les Basothos venus à Durban en quête d'une vie meilleure. C'était son prénom, Cleanman, qui lui valait des moqueries. Il avait pris l'habitude d'aider Mvelo avec ses devoirs, avant qu'elle n'arrête l'école.

Il gardait en lui des horreurs de guerre et des secrets enfouis. Mvelo lui parla de la requête de Zola et de la promesse qu'elle avait faite à sa mère. « Mais, mon enfant, c'est illégal. Les lois de la municipalité n'autoriseraient jamais une chose pareille.

— Et alors, Cleanman ? » Mvelo était exaspérée. « Et alors ? Qu'importe ce que les lois ont à dire ! Regarde où on vit, nous n'avons rien. Nous sommes des milliers à nous partager six sanitaires. S'il te plaît, pleura-t-elle, tu dois m'aider. »

Il ne supportait pas les larmes. Il s'en alla sans lui donner de réponse, mais elle savait qu'il l'aiderait. Il comprendrait que ce n'est pas naturel pour un corps d'être confiné dans une boîte.

Cleanman adorait les poèmes et il en lut un pendant la veillée de Zola, d'un homme qui s'appelait Dylan Thomas. « N'entre pas sans violence dans cette bonne nuit, / Le vieil âge devrait brûler et s'emporter à la chute du jour ; / Rager, s'enrager contre la mort de la lumière… »

Mais elle le fit taire, maDlamini, la braillarde de Mkhumbane. « *Wena*, Cleanman, 'uZola n'était pas d'un vieil âge, et elle n'était certainement pas un homme. Assieds-toi et cesse avec ces bêtises anglaises… »

Elle ne s'arrêtait pas, mais sa voix fut noyée par le chœur. Les femmes commencèrent à chanter pour maquiller la querelle. La coutume de leur savoir-vivre et de leur discrétion voulait qu'on couvre toute humiliation publique, toute honte. Cleanman avait l'air triste et gêné, mais il ne protesta pas. Se donner en spectacle, laisser éclater ses émotions, ce n'était pas son genre. Il se contenta de refermer son livre épais aux pages cornées qui avait vu des jours meilleurs.

La veillée de Zola fut très belle. Tous les gens du vendredi soir vinrent à la cahute. Son corps fut ramené depuis la morgue dans un cercueil tout simple acheté par les voisins avec l'argent de dons récoltés dans les environs. Personne n'écouta Mvelo quand elle dit que Zola ne voulait pas de cercueil. Ils la regardaient avec cet air qui disait pauvre-petite-de-quatorze-ans-orpheline-et-enceinte, je-suis-content-de-ne-pas-être-à-ta-place.

Elle retrouva sa voix au moment de dire adieu à Zola. Elle chanta la peur de cette vie qui grandissait dans son ventre, la terreur d'avoir à déterrer le corps de Zola, la route difficile qui l'attendait, elle l'orpheline seule au monde. Elle chanta jusqu'à se réchauffer de l'intérieur, comme la couleur orange. Elle ouvrit les yeux et Cleanman se trouvait à côté d'elle. « Bienvenue, enfant, ton âme est de retour dans tes yeux. C'est bon à voir », lui chuchota-t-il. Elle s'était délivrée en disant adieu à Zola. Elle se sentait libre, elle était certaine que les gens restés pour la veillée avaient passé un bon moment. Ils chantèrent et, un par un, rappelèrent leurs souvenirs de Zola.

Une femme des grandes maisons pas loin vint avec un plat de breyani[1]. Elle paraissait nerveuse de se retrouver dans les taudis, mais résolue à parler. Elle se leva pour dire quelques mots sur Zola, qui

1. Orthographe sud-africaine du « biryani », un plat d'origine indienne à base de riz, de viande (souvent du poulet), d'épices et de légumes.

faisait le ménage chez elle avant de devenir trop faible pour travailler.

« Zola est quelqu'un que je n'oublierai jamais, car elle a apporté sous mon toit la grâce d'un don que je chérirai pour toujours. Mon unique enfant, Sunil, ne parlait pas. Les médecins pensaient qu'il était autiste. Il regardait fixement dans le vide et, parfois, il se frappait la tête contre les choses en hurlant.

« Quand Zola venait travailler pour nous, il la suivait partout. Un jour, je les ai trouvés assis en train de communiquer. Ils avaient développé leur propre langage. Elle m'a dit qu'elle pensait qu'il possédait le don de parole, enfermé à l'intérieur. Il est aujourd'hui un garçon heureux qui réussit bien à l'école. Quand j'ai entendu qu'elle était morte, j'ai voulu venir lui rendre hommage. »

Mme Naidoo avait eu l'intention de passer déposer le breyani, dire quelques mots et quitter les taudis aussi vite que possible, mais l'atmosphère qui régnait la retint tout le temps de la veillée.

Dans sa mort, Zola avait rassemblé les gens, sans distinction de statut social. Les voisins avaient improvisé des sièges faits de boîtes de fer-blanc, de briques et de caisses de bières installées devant sa cahute, où se tenait la veillée.

Une infirmière venue d'une clinique d'où Zola avait été bannie vint elle aussi lui rendre hommage. Mvelo la reconnut dans la foule et se dit qu'elle avait du culot de se montrer après avoir traité Zola comme elle l'avait fait.

« C'est à cause de moi qu'elle a été bannie de la clinique, avoua l'infirmière. Je me consume de honte en y repensant à présent. Je suis moi-même séropositive et je ne l'avais pas accepté, car c'était la faute à ma propre bêtise : j'ai fait confiance à un homme alors que je n'aurais pas dû.

« Quand j'ai appris que j'étais positive, ça m'a mise dans une grande colère et je me suis vengée sur mes patients. La plupart ne réagissaient pas à ma grossièreté. Mais Zola ne s'est pas laissé faire quand je lui ai dit des choses blessantes. C'était ma faute, et je veux dire, devant son enfant qui est ici, que je suis désolée. J'aurais dû me montrer plus compréhensive… »

L'infirmière cédait à l'émotion et les femmes se remirent à chanter.

Des gens que Mvelo n'avait jamais vus avant se levèrent pour parler de Zola. C'était une très belle nuit, la lune était rouge au début tandis que le soleil se cachait derrière elle, et plus tard l'obscurité tourna à l'argent quand la lune prit le relais du soleil. La plupart des voisins s'excusèrent de leurs commérages. « *Bantu bomphakathi*[1], vous me connaissez, j'aime bien parler, c'est tout. Maintenant, en vous entendant user de la Sainte Bible pour réprimander ceux qui ont la langue trop bien pendue, je me repens. Je vous demande pardon », dit maDlamini.

Une ivrogne cria : « Ya, *Mamgobhozi wendawo*[2] » et l'assemblée ricana, ponctuant bruyamment son discours. Les ricanements encouragèrent l'ivrogne à brailler plus fort : « umaDlamini, *uNdabazabantu*,

1. « Gens de ma communauté ».
2. « Commère du quartier ».

affaires intérieures, *Ugesi waseLamonti*[1]. Il n'y a rien, sous les toits de ces taudis, qu'elle ne sache pas. »

Un autre chant retentit pour noyer les commentaires peu flatteurs de l'ivrogne. « *Ai*, je suis juste une vieille femme qui s'ennuie, dit maDlamini. Je suis sûre que Zola me pardonnera, paix à son âme. »

Cleanman regarda Mvelo et hocha la tête. Le plan était lancé. Ils avaient marqué la tombe de Zola et, dans le noir, ils reviendraient, déterreraient son cercueil et la libéreraient dans le sol comme le voulait la nature. Son cercueil était simple et Cleanman avait observé de près comment il s'ouvrait et se fermait, au moment de la bénédiction du corps.

Zola avait décrit en détail ses dernières volontés concernant sa mort. Elle avait demandé à Skwiza, la seule parente qu'il lui restait après Mvelo, de lire ce qu'elle avait écrit. Skwiza se leva, ses vêtements serrant de près ses courbes adoucies par l'âge, ses sourcils peints dans ce style clownesque qu'affectionnaient certaines femmes, lèvres rouge vif et un parfum sucré qu'on pouvait sentir jusqu'à Durban, ignorant les gloussements des pleureuses. Elle fit une lecture parfaite, avec des gestes appropriés aux bons endroits, marquant une pause pour l'emphase quand c'était nécessaire.

« C'est ma volonté, écrivait Zola, que les gens sachent que je suis morte du sida. Pas d'une maladie courte ou longue, comme ils le disent pour la plupart des célébrités qui y succombent. Pas de pneumonie, pas de tuberculose, pas de démence,

1. Ministre des Affaires intérieures, Lampadaire de Lamontville : louanges typiques adressées à ceux qui colportent des ragots.

pas de sorcellerie, mais du sida. Ceci est mon cadeau à toutes les commères de uMkhumbane : je vous donne la permission de colporter vos ragots à voix haute, pas en chuchotant. Dites à tous ceux que ça intéresse que j'ai vécu séropositive avec le VIH et que je suis morte du sida. Dites-leur que vous le tenez de l'intéressée elle-même. »

Elle avait demandé à Mvelo de lire son passage préféré de la Bible, tiré de l'épître aux Corinthiens. « Quand je parlerais les langues des hommes et des anges, si je n'ai pas la charité, je suis un airain qui résonne ou une cymbale qui retentit ; [...] quand j'aurais même toute la foi, jusqu'à transporter des montagnes, si je n'ai pas la charité, je ne suis rien. [...] Maintenant ces trois choses demeurent : la foi, l'espérance, la charité, conclut Mvelo. Mais la plus grande des trois c'est la charité[1]. »

Mvelo regarda le visage de sa mère dans le cercueil. Il avait l'air paisible. Elle ne lui dirait plus jamais un seul mot. Mvelo s'imagina que si sa mère pouvait prononcer une dernière chose ce serait : « Chante, Mvelo, tu es née pour chanter. » Alors c'est ce qu'elle fit.

1. Première épître aux Corinthiens, chap. 13, versets 1-3.13, dans la traduction de la Bible d'Augustin Crampon, 1923.

## Chapitre 4

Mvelo ne savait pas jusqu'ici que les cimetières étaient plus fréquentés au cœur de la nuit. Lorsque Cleanman et elle s'en allèrent libérer Zola de son cercueil, la police était occupée à poursuivre et à arrêter des pilleurs de tombes qui déterraient les cercueils de luxe pour les revendre aux endeuillés. Les coups de feu claquèrent à ses oreilles. Elle était terrifiée, elle étouffait sous l'aisselle transpirante de Cleanman qui s'était posé en bouclier. Elle avait obstinément refusé de rester à la maison et de le laisser faire seul. Elle s'était dandinée jusqu'ici avec son ventre de femme enceinte. À présent, Cleanman l'écrasait, s'efforçant de la protéger des coups de feu. Elle ne pouvait ni respirer ni bouger.

Puis, soudain, il se fit un silence de cimetière, un silence de mort.

Mais le silence ne lui apporta aucun soulagement. À la place, un sentiment de catastrophe imminente l'envahit. Elle essaya en se tortillant de dégager son nez de l'aisselle de Cleanman. Son corps s'était fait plus lourd sur elle. Il ronfla doucement contre son oreille, un son paisible et rassurant dans des circonstances ordinaires, mais en cet instant, dans les entrailles de la nuit, au cœur d'un cimetière, son ronflement disait à Mvelo qu'elle était vraiment toute seule.

Ses ronflements déclenchèrent une crise d'hystérie et elle fut prise d'un fou rire incontrôlable. Les tremblements de son corps le secouèrent et il se réveilla en sursaut, comme un garde surpris à faire la sieste. Elle le repoussa. « Je crois qu'ils sont partis. » Il avait bu de la vodka pour se fortifier les nerfs en vue de la tâche à accomplir, mais ça l'avait rendu plus somnolent que brave.

Elle avait tort. Les pilleurs de tombes étaient partis, mais les policiers patrouillaient encore. Ils les repérèrent tous les deux au moment où Cleanman recommençait à creuser la tombe de Zola.

« *Hheyi*, il y en a d'autres. Regarde par là-bas ! » Un policier appela du renfort.

Cleanman savait qu'il était trop tard pour s'enfuir ou tenter quoi que ce soit ; il lâcha la pelle et leva les mains pour se rendre. La vodka s'assécha et se retira de son corps, et il fut sobre instantanément. Il était vraiment dans la merde. Il était clandestin. Mvelo se sentait impuissante et ravagée de culpabilité. C'était elle qui l'avait mis dans ce pétrin. Elle pria avec ferveur pour qu'ils ne remarquent pas qu'il n'était pas sud-africain. « C'est ma faute », dit-elle aux policiers, choqués de trouver une jeune fille enceinte dans un cimetière à cette heure infernale.

Elle leur raconta toute l'histoire de la requête de Zola. Cleanman, étant Ndebele et avec le nom de Ndlovu, parlait le zulu que l'on considère comme correct, similaire aux dialectes des régions du nord de KwaZulu-Natal. Il demanda aux policiers : « Quel genre d'homme je serais si j'étais incapable d'aider une jeune fille désespérée comme Mvelo ? » Sa démonstration de respect à l'égard des officiers les flatta et ils s'adoucirent aussitôt. Il réussit même à les convaincre que dans la véritable culture africaine, « on ne devrait pas, en fait, être enterrés dans des cercueils ». Il se laissa emporter quand il les vit hocher la tête, et poursuivit en expliquant que cette affaire de cercueils était une extension du capitalisme, une combine pour le profit.

« À l'instant même, mes frères, vous étiez engagés dans une fusillade avec les propriétaires de ces pompes funèbres qui se font des fortunes en vendant des cercueils, et puis reviennent les déterrer et les revendent ensuite. »

Il y eut des murmures d'approbation parmi les policiers.

Il se trouvait que deux des trois policiers portaient le même nom de famille que Cleanman. En entendant ça, Cleanman entonna un traditionnel chant de louanges des Ndlovus, récitant tous les *izithakazelo*, les noms de louanges des Ndlovus – *Oboya benyathi, oGtsheni* – faisant forte impression sur les hommes. Bien entendu, il leur donna son vrai nom ndebele, Nkosana Ndlovu, au lieu de son surnom Cleanman, sans quoi ils auraient deviné rapidement qu'il venait du Zimbabwe. S'ils remarquèrent quelque chose dans son accent, ils durent le mettre sur le compte d'une région rurale de KwaZulu.

Cleanman tira la flasque de vodka qu'il avait dans la poche. Il en but une lampée et partagea avec les policiers. Mvelo savait qu'il les avait conquis, mais elle trouva qu'il allait un peu loin quand il leur demanda de l'aider à accomplir les dernières volontés de Zola en l'assistant pour la fin du boulot. Elle fut stupéfaite lorsque l'un d'entre eux alla voir le garde dans sa cabane et en revint avec trois pelles. En à peine plus d'une heure, le boulot fut terminé.

L'humble cercueil dans lequel Zola avait été enterrée était à présent découvert. Tout était silencieux. Cleanman regarda Mvelo et dit :

« Enfant, tu devrais t'éloigner. Je ne veux pas que tu voies ça. Fais-moi confiance : j'envelopperai ta mère dans cette couverture et je la remettrai à Dieu, apaisée. »

Mvelo fut soulagée, car elle ne voulait pas voir.

La lune était sortie et les étoiles brillaient. Elle était en paix, elle sentait que ce qui venait de se passer avait eu lieu grâce à l'aide de Zola.

Quand tout fut terminé, Cleanman la rappela.

« Vous ne nous avez jamais vus, nous ne vous avons jamais vus. Ce qui vient de se passer ici ne s'est jamais passé, déclara l'officier qui n'était pas Ndlovu en regardant Mvelo d'un air sévère.

— Qu'est-ce qui s'est passé ? » demanda Cleanman. Les deux autres éclatèrent de rire. Puis ils lui serrèrent la main et repartirent en voiture.

Mvelo et Cleanman s'assirent près du talus de la tombe de Zola, où elle reposait maintenant enveloppée dans une couverture, et firent une dernière prière.

À l'aube, ils rentrèrent à la maison, chacun plongé dans ses pensées. Le bébé mettait des coups de pied dans son ventre, lui rappelant la bataille qu'il restait à mener. Peut-être à cause de toute l'excitation de cette nuit passée à déterrer sa mère, la nuit suivante elle fut tenaillée par des douleurs qui la firent arpenter les quatre coins de sa cahute solitaire jusqu'à l'aube.

Lorsque Cleanman passa la voir au matin, il n'eut pas besoin de demander, il pouvait voir ses larmes. Il courut chercher sa brouette, la tassa dedans comme un paquet et se dirigea vers le rang de taxis, mais c'est un van de police patrouillant à proximité qui l'emmena finalement à l'hôpital King Edward. Les sirènes hurlèrent tout le long du chemin, des taudis jusqu'à François Road. Si vous voulez voir un homme adulte terrifié, montrez-lui une femme enceinte prête à accoucher avec personne d'autre que lui pour l'aider à mettre l'enfant au monde. Cleanman en avait perdu la parole et tremblait de tout son corps. Le policier qui conduisait le van appuyait de tout son poids sur l'accélérateur. Le véhicule dépassait à toute vitesse les feux rouges.

Le bébé était la dernière chose que voulait Mvelo, mais il arrivait et fit sentir sa présence. Après des cris stridents de douleur émis par Mvelo, Sabekile sortit en hurlant elle aussi. Mvelo sut dès lors qu'elle avait hérité de ses poumons. L'infirmière attrapa les petites jambes agitées et, d'une main, secoua doucement le petit corps la tête en bas pendant un moment, avant de glisser un doigt boudiné dans la bouche de Sabekile pour en retirer quelque chose.

Mvelo observa le cordon ombilical serpentin qui la connectait au bébé. Les souvenirs affreux de ce jour dans la tente lui revinrent. Elle essaya de ne pas regarder le nourrisson, bouillonnant de vie, couvert d'une matière blanche gluante et du sang de

Mvelo. L'infirmière coupa le cordon et enveloppa la nouveau-née dans une couverture. Mvelo s'assoupit, épuisée, soulagée que le bébé soit enfin sorti.

Elle se réveilla en panique, ne sachant pas quoi faire de cet enfant, car elle était déterminée à ne pas lui faire subir la vie dans les taudis. Puis, elle se souvint de son rêve, le soir où sa mère était morte, et elle se calma. Tout finirait par s'arranger.

Le jour où on lui demanda de quitter l'hôpital avec son bébé, elle se rendit à Manor Gardens, jusqu'à la maison qui n'avait pas de mur, et elle posa Sabekile là, devant la porte d'entrée. Ici au moins, elle savait que Sabekile aurait une chance de se battre.

Elle avait choisi cette maison parce que lorsqu'elle y venait chercher des restes, les propriétaires ne la chassaient jamais. C'était la seule maison qu'elle connaissait à Manor Gardens à n'avoir pas de haut mur. Elle était vulnérable, et pourtant protégée, car les *tsotsis*[1] pensaient que quelque chose de plus dangereux mais d'invisible montait la garde, donc ils ne tentaient rien.

« Voilà, Dieu, dit-elle en le défiant férocement tandis qu'elle s'éloignait. Si tu es quelque part, voici un bébé qui a besoin d'un foyer où elle pourra grandir sans avoir faim et où elle sera aimée. Si tu ne peux pas lui fournir ça, alors laisse-la mourir. Si tu m'accordes juste ça, je ne te demanderai plus jamais rien. »

Puis elle fit le vœu que le bébé survive et soit trouvé par de bonnes gens.

1. En argot sud-africain, « voyou, délinquant ».

Elle l'avait nommé Sabekile, qui signifie « effrayant », parce qu'elle avait connu l'effroi le jour où un homme de Dieu avait plongé dans son corps épouvanté. C'était comme si une main glacée lui enserrait le cœur. Ça l'avait laissée frissonnante ; un frisson qui s'était mué en colère. Ça l'avait rendue téméraire. Mais quelqu'un qui n'a plus rien à perdre peut lutter au corps à corps avec Dieu, et même peut-être gagner.

## Chapitre 5

Zola, dans sa jeunesse, était une étoile montante de Hope School, dans la vallée des Mille-Collines. Elle courait aussi vite que l'éclair, et l'école avait une belle vitrine de trophées pour en témoigner. Alors que son prénom était Nokuzola, les spectateurs des compétitions l'avaient raccourci en Zola – « Zo-la Zo-la Zo-la » scandaient-ils quand elle approchait de la ligne d'arrivée – comme Zola Budd qui avait couru aux jeux Olympiques.

Nokuzola n'avait pas les moyens de s'acheter des chaussures de course et, comme l'autre Zola, elle adorait sentir le sol sous ses pieds. Elle développait une relation avec l'herbe, ou la terre, ou le tarmac, partout où elle concourait. Ses pieds communiquaient avec le sol. Elle adorait sentir son pouls s'accélérer juste avant le coup de sifflet qui les lançait, elle et ses concurrents.

Son premier amour était en fait les courses hippiques. Elle aimait regarder les chevaux, et son vœu le plus cher était de devenir l'un de ces petits hommes qui, recroquevillés sur le dos des animaux majestueux, les éperonnent pour les faire filer comme le vent. Elle n'avait jamais eu la chance d'approcher un pur-sang, alors faute de mieux, elle choisit de faire ce qu'ils faisaient : courir comme le vent. Elle s'imaginait dans la peau du cheval le plus rapide de la course. Son cœur tambourinait, l'adrénaline jaillissait dans son corps quand elle fusait de la ligne de départ à la ligne d'arrivée, et elle se sentait légère comme une plume. Lorsque les cris commençaient à s'élever, son esprit passait au ralenti, elle sentait le vent la traverser, et un sentiment de paix la submergeait tandis qu'elle approchait de la victoire.

Un jour, sa tante rebelle Skwiza vint lui rendre visite et lui raconta qu'elle avait gagné un sacré jackpot en pariant sur un cheval nommé Sweet Apples. Dès lors, Zola pensa à Sweet Apples chaque fois qu'elle concourait.

Zola faisait la fierté de sa mère, mais son père n'était pas content. Il ne voulait pas que sa fille porte ces minuscules shorts de course qui, selon lui, ressemblaient trop à des culottes.

« C'est exposer son corps à tout le monde, y compris aux pervers, maSosibo, c'est qu'elle grandit », protestait-il.

MaSosibo plaida sa cause : « Encore une année, Baba, une seule année et ensuite elle arrêtera. Promis. »

Il accepta, avec réticence. Secrètement, il était fier de sa fille qui courait, pensait-il, comme une mule possédée.

Zola choisissait la plupart du temps d'ignorer l'intérêt qu'elle suscitait, mais elle se sentit obligée de remarquer Sporo Hadebe. Il avait la peau particulièrement foncée, une mâchoire carrée et un sourire qui illuminait son visage. Il était aussi le joueur de foot le plus populaire de l'école. Mais c'était son odeur qui avait en premier attiré l'attention de Zola. Une odeur troublante, ni un parfum ni la sueur de l'effort, mais une émanation qui lui était propre.

Elle savait qu'il approchait avant même de le voir apparaître au détour d'un couloir, avant qu'il entre dans la salle de classe. Cet intérêt tout neuf pour Sporo l'attira vers le terrain de foot pour le voir jouer.

Ses yeux zoomaient sur lui, elle le détaillait, segment par segment. Elle remarqua ses mollets bien musclés, et que sa jambe droite était légèrement tordue au niveau du genou, ce qui lui donnait une démarche unique quand il courait. Les muscles de ses cuisses se séparaient comme sur les images d'un livre de biologie. Quand les garçons enlevèrent leur T-shirt après l'entraînement, elle vit que chaque muscle sur son ventre était sculpté, sans un gramme de graisse. Ses bras étaient puissants et, quand il souriait, des fossettes creusaient ses joues. Ce garçon pouvait-il être plus beau et plus inconscient de sa beauté ? Elle s'efforçait de ne pas le fixer, mais échouait complètement.

Zola crut d'abord qu'elle rêvait lorsque Sporo lui fit des avances. Il était non seulement rapide à la course, mais aussi intelligent et drôle, par-dessus le marché. Et malgré tout cela, il n'était pas arrogant. Zola s'était promis de rester à distance des garçons, vu que c'était une question de vie ou de mort si son sévère de père venait à l'apprendre. Mais elle ne pouvait s'y tenir en ce qui concernait Sporo. Un sentiment d'urgence la poussait vers lui.

Ils se parlaient après les cours de sport et pendant les trajets aller et retour entre l'école et les compétitions d'athlétisme. Elle commença même à suivre le foot, ce qui fit plaisir à son père tout en le surprenant. Ils faisaient la paire, Zola et Sporo. Les envieux les regardaient avec mépris, les autres les admiraient ouvertement. Ils devinrent inséparables, ils étaient adorables ensemble. Même le personnel enseignant détournait le regard de cette romance naissante, au lieu de les réprimander comme ils en avaient l'habitude. « Ils ont l'air suffisamment mûrs pour se montrer responsables, dit la prof de compétences de vie, Pearl, qui s'intéressait aux histoires de ses élèves.

— Si vous le dites. N'oubliez pas, toutefois, qu'il s'agit d'adolescents pleins d'hormones en folie », dit M. Zondo, le prof d'anglais, qui désapprouvait essentiellement parce que lui-même ne pouvait s'empêcher de sans cesse penser à Zola. L'imaginer avec quelqu'un d'autre le transformait en petit garçon jaloux.

M. Zondo s'asseyait près de la fenêtre pour l'observer pendant la pause déjeuner. Il détestait la voir rire aux blagues de Sporo. Malgré son amour pour le foot, il se mit à haïr l'aisance facile du jeune homme. Il avait en horreur sa façon de passer le bras autour des épaules de Zola, sa façon de la regarder, les confidences qu'ils partageaient si manifestement. Quand Zola perdit sa virginité avec Sporo, il le sut le jour même.

Elle s'effondra peu à peu, elle ne rendait plus ses devoirs et courait moins vite, à peine au début, jusqu'au jour où elle s'évanouit sur le terrain. M. Zondo eut envie de hurler comme si on lui avait brisé le cœur. « Vous savez, maintenant que j'y repense, je n'étais même pas amoureux de cette fille. Mais une part de moi voulait juste la préserver, la tenir loin du danger », confia-t-il à Pearl, qui était complètement sous le choc.

Zola avait avoué ses peurs intimes à Pearl, qui l'avait écoutée avec un mélange de sympathie et de soulagement. Elle avait les yeux fixés sur M. Zondo, qui semblait avoir les siens fixés sur Zola, qui elle fixait résolument Sporo. Pearl était soulagée d'entendre que la fille ne s'intéressait absolument pas à M. Zondo. Au lieu de ça, elle était terrifiée à l'idée d'être enceinte de Sporo, que son père la tuerait sûrement. Cela signifiait que M. Zondo tomberait dans les bras de Pearl dès qu'il se rendrait compte du désintérêt de la fille. Pearl acheta un test de grossesse et demanda à Zola de faire pipi sur le bâtonnet afin que la ligne confirme ou pas qu'elle était enceinte.

Pearl réconforta la fille du mieux qu'elle put quand la ligne se révéla rose. Zola pleura toutes les larmes de son corps. Pearl émit des bruits maternels, « Là, là, Zola, ce n'est pas la fin du monde. Tu survivras à cette épreuve difficile. Tu veux que je parle à ta mère ou tu préfères lui dire toi-même ? »

La question fit briller de nouvelles larmes dans les yeux de Zola. Sa piqûre la ramena aux nouvelles réalités qu'elle devait affronter. Elle ne savait pas comment elle pourrait faire face à ses parents. « Non, non, non, s'il vous plaît, je leur parlerai moi-même », dit-elle à Pearl.

Mais d'abord, elle devait l'annoncer à Sporo, et ensemble, ils décideraient quoi faire. L'imaginer à ses côtés lui redonna de l'espoir. Elle ne serait pas seule. Elle en tira la force de survivre au week-end à la maison.

Le lundi, à midi, Sporo et elle s'assirent sous leur arbre. Elle était plus silencieuse que d'habitude. Sporo était étonné, mais il restait décontracté, fidèle à lui-même.

« Sporo, je me suis évanouie pendant l'entraînement, vendredi, dit-elle enfin. Madame Pearl et moi, on a parlé de nous, tu sais, de ce qu'on a fait. » Elle marqua une pause et scruta son visage.

Il se contenta de sourire en hochant la tête.

« Bon, on a fait un test, Sporo, et il a confirmé que je suis enceinte. » De nouveau, elle l'observa attentivement, essayant de jauger sa réaction.

De nouveau, juste un sourire, qui la plongea dans une nouvelle vague de panique.

« Sporo, ce n'est pas une blague. Mon père va me tuer, et toi aussi probablement. » Sa voix tremblait.

« Il ne va pas te tuer, tu es son enfant. Il finira bien par se calmer. Tu verras. Et si le bébé est un garçon, il sera joueur de foot, et si c'est une fille, elle sera belle comme toi. » Sa réponse ne surprit pas Zola, sans pour autant alléger ses angoisses.

Il était le genre de garçon que rien ne semblait pouvoir ébranler ; même la juste fureur du père de Zola ne lui faisait pas peur.

« Écoute, je peux arrêter l'école et trouver du travail pour prendre soin de toi. Je dirai à mes parents de venir parler aux tiens. S'ils te chassent de chez toi, Zola, je serai très heureux que tu viennes vivre chez nous. » Il s'emballait à élaborer des plans.

« Attends, dit Zola, reprenant son souffle. Je n'ai encore rien dit à mes parents. Les examens écrits approchent. J'ai l'intention de retarder le moment de l'annonce aussi longtemps que possible. Peut-être que j'attendrai que ce soit eux qui m'en parlent, parce que je n'ai pas le courage de le faire. »

À chaque jour suffit sa peine, ils tombèrent finalement d'accord là-dessus. Puis ils mangèrent leur déjeuner en silence.

Comme 1990 s'achevait, au moment où l'horloge sonnait minuit, des feux d'artifice illuminèrent le ciel. Dans les *townships* et les villages, des cris de joie retentirent et des prières montaient vers Dieu. Ce qui occupait la plupart des esprits, c'était la promesse d'une nouvelle année.

Tout le long de la plage de Durban, le Golden Mile, la bière coulait à flots et les fêtards flottaient dans un nuage fumé de viande grillée, ivres de la promesse de jours meilleurs à venir.

Même les plus radins étaient encouragés à dépenser sans compter ; pour le plus grand plaisir des enfants, il y avait abondance de bonbons et de gâteaux.

Au milieu de tout ça, Zola, nauséeuse, fut saisie par la peur et la culpabilité. Elle se sentit très seule. Elle s'enferma dans les toilettes minuscules à la maison, vomit tripes et boyaux et pleura des rivières de larmes. À seize ans, elle avait perdu son innocence. « Ton père te tuera plutôt que de te laisser mettre un enfant au monde si jeune », persiflait une voix dans sa tête.

Les colères de son père étaient légendaires. Ce n'était pas pour rien qu'il était connu sous le surnom de « Pure Chilli », le piment le plus piquant de Durban, cette terre d'épices corsées à vous filer la courante.

Seule dans son malheur, Zola entra dans la nouvelle année, faisant bonne figure devant ses parents. Même quand elle s'efforçait d'oublier, la boule dans son ventre grossissant la rendait malade d'inquiétude. Elle se mit à porter des blousons trop grands, des T-shirts et des pantalons lâches. Ils n'alertèrent cependant pas ses parents qui l'encourageaient tous deux à cacher ses formes du regard indiscret des prédateurs.

Son corps prit de l'ampleur, se rembourrant pour protéger la vie qui poussait en elle. MaSosibo luttait contre son intuition féminine. Elle tenta de se faire croire que le corps adolescent de sa fille se muait simplement en celui d'une jeune femme. Mais à se mentir à soi-même, on se rend malade. Elle perdit le sommeil à force de se tourmenter au sujet de ce qu'elle savait mais refusait d'admettre. MaSosibo se réveillait nuit après nuit trempée d'une sueur froide.

## Chapitre 6

La vie dans le *township* Mkhumbane de Durban bourdonnait d'un nouvel espoir, et les *shebeens* faisaient plus de chiffre que jamais. Les clients étaient d'humeur joviale, portés par la promesse de richesses imminentes. Ceux dont l'imagination était débordante parlaient de vivre dans des villas avec domestiques et flottilles de voitures, de voyages dans des pays qu'ils connaissaient à peine de nom.

Une boisson fermentée à l'ananas et l'*isqatha*, la mortelle gnôle maison qui comprenait parfois de l'acide pour batteries, alimentaient les rêves d'avènement d'une nouvelle terre de lait et de miel. Sous un nuage de marijuana enivrante, les clients restaient assis du milieu de la matinée jusqu'au crépuscule, buvant et rêvant d'une vie où la version riche d'eux-mêmes verrait enfin le jour.

Skwiza, la tante de Zola, la *shebeen queen* qui possédait une ribambelle de tavernes dans tout Mkhumbane, observait avec satisfaction ses clients dépenser leurs maigres salaires, gagnés à s'occuper des jardins des zones résidentielles, pour boire et abreuver leurs rêves. Comme beaucoup de femmes de sa famille, elle était grande. En plus, elle avait de gros seins qui l'accablaient de problèmes de dos, la forçant à marcher penchée en avant. Cette inclinaison accentuait son ample derrière, qui saillait d'autant plus. Ses jambes comme des brindilles aux genoux cagneux portaient le lourd fardeau de ses deux mètres. Sa stature la rendait à la fois comique et redoutable. Elle était très chaleureuse à la vue de l'argent, et d'une froideur terrifiante quand ses clients ne pouvaient payer leurs dettes.

Elle était l'opposée de la mère de Zola, qui maternait ses enfants et se soumettait comme une servante à son mari dominant. Zola adorait sa tante et restait muette d'admiration chaque fois qu'elles avaient la chance rare de lui rendre visite. Le sentiment était réciproque. Skwiza aimait Zola parce qu'elle était jeune et belle, et qu'elle lui rappelait celle qu'elle avait été au même âge. Les jeunes gens gardaient Skwiza vivante.

Il paraissait évident à Zola qu'une fois son secret découvert, c'est chez elle qu'elle trouverait refuge. Skwiza était la seule femme capable de tenir tête à son père. En fait, elle le toisait de haut, perchée sur ses talons aiguilles. Pure Chilli n'aimait pas Skwiza précisément pour cette raison. Il était clair aux yeux de Zola que quelque chose chez sa tante perturbait son père, et qu'il ne voulait pas voir sa famille s'approcher de cette femme.

Quand l'école reprit, il restait trois mois à Zola. Ses muscles avaient perdu leur fermeté et leur dessin. Elle était plus ronde, mais les yeux innocents de la jeunesse ne soupçonnaient rien. Pearl et M. Zondo, en revanche, savaient ce qui se passait sous son uniforme. Elle ne participait plus aux entraînements, restait sur la touche à les regarder. Ça rendait la coach furieuse, mais elle mit la réticence de Zola sur le compte des caprices de l'adolescence. « Elle avait commencé à ralentir, de toute façon. Une nouvelle Zola Budd émergera de la prochaine fournée. Vous verrez. » La coach était une incorrigible optimiste.

Sporo n'était plus concentré sur son jeu depuis le début du trimestre. Il était en permanence préoccupé par le secret qu'il partageait avec Zola. Il aurait voulu en parler à ses parents, mais il savait qu'ils se présenteraient aussitôt sur le seuil de chez Zola pour rapporter toute l'affaire. Ainsi, il devint son complice.

Plongé dans ses réflexions, il ne vit pas le taxi qui fonçait tandis que lui et l'équipe traversaient la rue après l'entraînement. Les cris résonnèrent trop tard et tout devint blanc. Sporo et deux de ses équipiers furent fauchés par le taxi en fuite. Zola, un bébé dans les bras, fut la dernière image qu'il vit avant de s'abandonner.

Ses muscles se relâchèrent. Le ballon ensanglanté roula loin de lui. Le coach s'accroupit et appela : « Sporo, Sporo ! » Ses yeux étaient ouverts mais ne voyaient pas le coach, affolé, pleurant, jurant, berçant la tête du jeune homme. Quelques garçons coururent vers l'école pour avertir le principal, d'autres commencèrent à jeter des pierres sur le taxi. Le chauffeur était plongé dans la stupeur. Il avait foncé pour passer prendre des clients supplémentaires qui le paieraient lui plutôt que le propriétaire du véhicule.

Quand Zola vit les garçons en sang et en pleurs

se diriger vers sa classe, de l'eau s'échappa de son corps, ruisselant le long de ses cuisses. D'abord, en sentant cette chaleur s'écouler d'elle, elle crut qu'elle s'urinait dessus, mais le liquide continuait de se déverser. Elle se leva, les yeux écarquillés sous le choc. Au premier coup d'œil, Madame Pearl sut qu'elle ne pouvait pas attendre. Pearl accueillit les garçons sur le pas de la porte tout en criant à M. Zondo de l'aider à conduire Zola à l'hôpital. Le plus proche était Marianhill.

Les garçons balancèrent la nouvelle effarante de l'accident, et ce fut le chaos. M. Zondo prit le volant et appuya plein gaz ; Pearl tenait Zola sur le siège arrière. Ils furent obligés de s'arrêter et de mettre l'enfant au monde dans la voiture parce que Zola ne pouvait plus attendre. Elle avait entendu ce qu'avaient dit les garçons, et son corps voulait expulser le bébé.

Sporo était parti. Sa ligne de vie avait disparu. Désormais, il ne restait qu'elle et cet enfant.

Pearl et M. Zondo décidèrent d'emmener la jeune mère et sa nouveau-née à la clinique Pinewood. Quand ils arrivèrent, ils furent envoyés au service maternité de l'hôpital King Edward. Elle avait beaucoup saigné.

La nouvelle que Zola avait accouché ne fut pas une surprise pour maSosibo. Elle fut soulagée et secrètement excitée. Bien sûr, elle fit semblant d'être aussi étonnée que son mari quand celui-ci se changea en pierre. Tout ce qu'il dit fut : « Je n'ai pas de fille. Sa bâtarde et elle ne sont pas les bienvenues dans cette maison. Elle ne nous a apporté que de la honte. »

Ses mots laissèrent maSosibo sans la moindre force pour s'opposer à lui. Le jour suivant, elle sortit en cachette pour aller voir Zola à l'hôpital pendant que son mari était au travail. Zola pleurait la mort de Sporo et s'inquiétait pour son bébé. Comme son père, elle s'était changée en pierre. Elle demeurait silencieuse pendant qu'un million de pensées tournaient dans sa tête autour de la prochaine étape.

La vue de sa mère ne l'effraya pas. Elle se contenta de lui montrer le bébé mais ne parla pas, sauf pour dire qu'elle emménagerait avec sa tante Skwiza à Mkhumbane. Sa mère protesta mollement, mais elle savait que c'était la seule option.

Zola lui demanda pardon de lui avoir fait honte et la pria de relayer le message à son père. Elles s'enlacèrent et pleurèrent ensemble, puis maSosibo embrassa sa nouvelle petite-fille et s'en alla.

Zola se souvint que Sporo avait dit que si l'enfant était une fille, elle devrait être nommée Nomvelo, « aussi belle que toi » ; ses mots revinrent la hanter. Quand Zola alla enregistrer le bébé, elle écrivit son nom, Nomvelo Zulu, et l'adresse du *shebeen* de Skwiza.

Le jour où elle sortit de l'hôpital, elle enroula la nouveau-née dans la couverture que lui avait donnée sa mère et partit vers Mkhumbane et sa nouvelle vie dans le *shebeen* avec la tante Skwiza, qui accueillit Zola et Mvelo à bras ouverts.

Rien n'était gratuit avec Skwiza. Zola devait travailler pour gagner sa croûte. Elle aidait à la fermentation de l'ananas et du pain pour l'alcool maison, elle nettoyait la baraque et faisait tout ce que

Skwiza lui demandait de faire. Mais si dur qu'elle fît travailler Zola, Skwiza s'assurait de prendre soin d'elle et du bébé. Secrètement, Skwiza était reconnaissante d'avoir l'opportunité de vivre avec une vraie famille, une famille de sang.

À Mkhumbane, Zola referma le chapitre de sa jeunesse. Elle n'assista pas aux funérailles de Sporo. De temps en temps, elle avait des nouvelles de sa mère, à qui on avait interdit de rester en contact avec sa fille. Zola n'essaya pas de retourner à l'école, ni de contacter la famille de Sporo. Elle se concentra seulement sur son bébé et son travail dans le *shebeen*.

Elle n'était pas du genre à faire attention aux hommes. Sporo avait été spécial. Mais les hommes du *shebeen* ne l'intéressaient pas. Leur addiction à l'alcool lui paraissait un signe de faiblesse. Elle les observait à distance, et ils semblaient percevoir qu'elle ne faisait pas partie des filles avec qui ils pouvaient tenter leur chance. Elle demeurait froide et indifférente devant leurs pitreries.

Mvelo grandit au sein du chaos du *shebeen*. Elle avait quatre ans lorsque les gens se dirigèrent vers les urnes afin de voter pour la première fois. Il y avait beaucoup d'allégresse et de musique tout autour d'elle. Elle applaudissait de ses petites mains et dansait avec tout le monde.

C'était une enfant délicieuse, gâtée par Skwiza et les clients, qui lui offraient des friandises pour se gagner l'affection de Zola. Mvelo appelait Skwiza simplement « Skwiza », comme tous les autres, alors qu'elle aurait dû l'appeler *Gogo*[1]. Mais Skwiza

1. « Grand-mère ».

en aurait été mortifiée. Vieillir était pour elle une chose répugnante. « Ça sent la mort », disait-elle. Et donc tous l'appelaient juste « Skwiza ».

Au milieu de toute cette allégresse, un jour le téléphone sonna, et Skwiza tomba à genoux en invoquant Dieu. Les parents de Zola étaient morts. Son père avait été accusé de soutenir le mauvais parti politique, et un groupe de jeunes d'une milice privée avait arrosé leur maison d'essence avant d'y mettre le feu avec les parents à l'intérieur. « Ma sœur est morte, Zola, morte. Oh, mon Dieu ! » Skwiza se recroquevilla en position fœtale et se mit à gémir. Elle effraya la petite Mvelo qui ne l'avait jamais vue dans cet état.

Zola garda les yeux secs et devint insensible au-dedans. L'Église domina les funérailles et l'enterrement. Ils ne firent même pas mine de reconnaître Zola et son enfant, au cas où il lui serait venu à l'idée de réclamer son héritage. Son père avait légué sa retraite, et les économies qui auraient dû assurer l'éducation supérieure de sa fille, à l'Église, en tant que seule bénéficiaire. Zola ne contesta rien et découragea Skwiza de le faire. Les événements rapprochèrent encore les deux femmes. Zola et Mvelo étaient désormais la seule famille de sang que Skwiza se connaissait.

Les affaires étaient florissantes au *shebeen*. Alors que la classe moyenne noire émergeante prenait la direction des banlieues résidentielles, le week-end, elle séjournait chez Skwiza pour les bières, la viande et la saveur du *township*.

Dans cet exode du *township* vers la banlieue, un

avocat nommé Sipho Mdletshe décida de rester. Il était le client préféré de Skwiza, car il n'achetait pas seulement ses propres consommations mais payait aussi des tournées à d'autres, qui s'agglutinaient autour de lui comme des abeilles autour du miel.

Skwiza était fière de lui, car il connaissait des notables hautement respectés, mais ses amis étaient les clients de son *shebeen* de Mkhumbane. C'était une mesure d'autoprotection calculée de la part de Sipho. Il se rapprochait de ceux qui se trouvaient plus bas que lui sur l'échelle sociale parce qu'ils ne pouvaient pas lui faire de mal. Au lieu de ça, ils le regardaient avec admiration.

Tandis que ses collègues partaient pour les quartiers chics de Mount Edgecombe et Umhlanga dans leurs Hummers et leurs Z3 de luxe, il conduisait son humble Getz jaune depuis son bureau cossu avec vue sur le port de Durban jusqu'à sa modeste maison de Mkhumbane.

Ses collègues nommaient son *township* « Cato Manor », mais il leur rappela que George Christopher Cato était un pauvre type quelconque né en Angleterre, sans doute un inadapté dans son propre pays, venu tenter sa chance dans celui des naïfs indigènes. Ils étaient si crédules qu'ils acceptèrent de donner son nom à une partie de leur terre, qu'ils appelèrent désormais son « manoir ». « L'audace de ces colons dépasse l'entendement », disait Sipho, déclarant qu'il préférait quant à lui l'appellation uMkhumbane – celle d'une ancienne communauté pleine de vie qui tenait son nom d'une petite rivière courant à travers le *township* historique. Et sur ces mots, il indiquait que la discussion était désormais close.

Il venait au *shebeen* tous les soirs avec des *umngenandlini*[1], des cadeaux pour la petite Mvelo et pour Zola. Surtout des chocolats pour Mvelo, qu'il lui donnait parfois en cachette parce que Zola n'approuvait pas l'excès de sucreries ; Zola, elle, recevait des fruits et des biscuits nommés « Oreos ». Avec ces présents, lui aussi s'attendait à gagner l'affection de Zola, et Mvelo s'attacha à lui. Elle l'appelait *babayi*, le revendiquant pour père.

Il avait une attitude décontractée qui rappelait Sporo à Zola, mais elle luttait contre ces sentiments du mieux qu'elle pouvait. C'était un homme à femmes, un coureur de jupons, et il ne s'en cachait pas. Il était grand, mais il aimait toutes sortes de demoiselles : grandes et petites, grosses et minces, jeunes et vieilles, noires et blanches, elles venaient à lui innombrables. Ainsi, il était facile pour Zola de le rejeter, car ça ne l'intéressait pas de le partager.

Sipho tentait de feindre une apparente nonchalance pour ferrer Zola, mais il commençait à se dire que ça ne marcherait pas. C'était nouveau, pour lui, cette impuissance devant le roc que semblait être cette femme. Il avait essayé de la convaincre avec des cadeaux, en aimant sa fille, et même en l'ignorant. Mais rien ne fonctionnait.

Au début, il avait eu beaucoup de peine pour elle parce qu'elle semblait hantée par un drame l'ayant blessée si durement qu'elle avait cessé de vivre. Il la regardait travailler chez Skwiza, débarrassant les tables d'un air absent, comme si elle était seule au milieu de la foule bruyante. Il remarqua ses mus-

1. Petites friandises ou bonbons donnés pour amadouer les enfants.

cles dessinés par les caisses de bières qu'elle portait toute la journée.

« Laisse tomber, frangin, celle-ci est réservée aux anges, lui dit son alcoolique de frère. Elle a dû être sacrément amochée. Elle n'est plus sur le marché, pas à vendre, contrairement à tes croqueuses de diamants qui sont avec toi pour ton fric. »

Sipho lui rit au nez et déclara que tout le monde voulait être aimé.

« Sois-en certain, elle sera aimée, dit-il avant de marquer une pause entendue. Par moi ! » conclut-il, et ils s'esclaffèrent tous les deux en continuant à boire.

Sur le coup de minuit, lorsque 1994 se referma sur un espoir renouvelé, Zola but une bouteille de cidre et sentit la tête lui tourner. Elle était emportée par l'humeur festive célébrant la démocratie toute neuve, et voulait clore un chapitre qui avait été si douloureux pour elle. La nouvelle année était pleine de promesses : elle voyait sa fille de quatre ans devenir une petite princesse effrontée, dotée de la bonhomie détendue de son défunt père. Zola se sentait fière d'avoir accompli au moins cela au cours de ses vingt années de vie.

Un peu pompette, elle riait et dansait avec Mvelo. Sipho n'en croyait pas ses yeux. Il sut que s'il existait la moindre chance pour lui, c'était maintenant. Il s'interposa et tendit la main à Zola, la suppliant du regard. Mvelo donna une bourrade à sa mère qui la fit atterrir dans les bras de Sipho. La musique ralentit et Sipho s'empara de l'instant. Son frère complètement saoul le regarda faire, bouche bée d'incrédulité et d'envie.

Et c'est alors que ces quatre années de flirt aboutirent à une relation entre Sipho et Zola. Mais à une condition stricte imposée par elle. « Je ne te partagerai avec personne. Si ça te pose un problème, dis-le tout de suite et reprenons chacun notre chemin. »

Sipho resta muet. Il savourait tellement le moment présent qu'il n'avait pas envie de se confronter à cette posture du « tout ou rien ». Quelques secondes de silence tendu passèrent avant qu'il réponde : « Tout ce que je sais, c'est que je ne veux pas te perdre. Je ferai de mon mieux pour t'être fidèle, mais si je suis incapable de tenir ma promesse, je serai honnête avec toi. » En prononçant ces mots, il sentit quelque chose se resserrer autour de son cou.

Lorsqu'il expliqua à ses amis que cette fille était différente de toutes les autres avec qui il était sorti, qu'il était en même temps malheureux et incroyablement heureux, qu'il ne pouvait s'empêcher de penser à elle et à son adorable petite en permanence, ils lui dirent tous la même chose : « Peut-être pour la première fois de tes trente-six ans, te voilà amoureux. » Il se sentit alors encore plus pris de panique. Il était distrait, incapable de travailler ou de se concentrer longtemps sans se remémorer l'humour caustique et brillant de Zola.

Un jour, il se rendit au *shebeen* et demanda à Skwiza sa bénédiction pour que Zola et Mvelo emménagent avec lui. La tante le serra dans ses bras en riant. À ses yeux, Zola n'aurait pu choisir de meilleur homme. En dehors du bénéfice évident qu'il y aurait pour elle à compter Sipho, l'avocat, pour gendre – si tout cela menait au mariage –, elle désirait réellement que Zola trouve le bonheur.

L'amour l'avait déjà transformée en une fleur qui s'épanouissait discrètement. Sipho avait fait naître une petite chanson heureuse sur les lèvres de Zola. Quiconque avait un peu l'oreille musicale pouvait entendre le talent qui dormait en elle. Jusque-là, Mvelo était la seule à avoir fendillé sa carapace grâce à un amour qui ne pouvait laisser indifférent.

Lorsque Sipho proposa à Zola qu'elle vienne s'installer à la maison avec Mvelo, Zola eut l'air perplexe. « Mais on est déjà à la maison, dit-elle.

— Non, je veux dire à la maison chez moi. Toi et Mvelo, votre place est avec moi. S'il te plaît, dis que tu acceptes d'emménager avec moi. »

Elle était réticente. « Je ne crois pas que tante Skwiza serait…

— J'ai déjà demandé sa bénédiction, assura-t-il à Zola, et elle a dit oui. S'il te plaît, accepte, ta place est à mes côtés. »

Ainsi, Zola accepta, mais elle devait d'abord en parler à Mvelo.

Encore une fois, Sipho avait un coup d'avance. Il avait demandé à la petite princesse ce qu'elle pensait de ce nouvel arrangement, et elle lui avait répondu en sautant sur place.

Elles emménagèrent donc dans sa maison, non loin du *shebeen*, et ce fut une période heureuse pour Zola. Se souvenant de ce que c'était d'avoir une famille, elle se jeta à corps perdu dans la création d'un foyer pour Mvelo et Sipho.

Il s'écoula longtemps avant que Sipho ne prenne son courage à deux mains et l'emmène rendre visite à sa mère, une femme étouffante et possessive qui vivait dans la région rurale de eMpendle. Au fond, il savait que c'était une mauvaise idée, mais Zola le réclamait, et lui voulait la rendre heureuse. Depuis la perte de sa propre famille, elle avait développé le désir brûlant d'un sentiment d'appartenance. Sa mère lui manquait et elle pensait que celle de Sipho pourrait peut-être combler ce vide avec le temps. « Je ne suis pas assez bien pour rencontrer tes parents ? » avait-elle demandé, lorsque Sipho avait une fois de plus esquivé la requête. Il finit par céder ; ils firent leurs valises pour le week-end et partirent pour la maison familiale.

Dès l'apparition de Mvelo, dont il expliqua qu'elle était l'enfant de Zola, ce fut terminé avant même d'avoir commencé. La mère de Sipho ignora totalement Zola et résista au charme de la petite Mvelo. Elle tira son fils à part et lui passa un savon. « Tu vas continuer encore longtemps à ramener ces filles infréquentables sous le toit de ton père ? Celle-ci est un sac d'os. Regarde-la ! Elle est tout en muscles, comme un homme. Son derrière est aussi plat qu'une planche à repasser. Sans parler de cette enfant qu'elle a eue avec un autre homme… Elle est de seconde main, Sipho, *isekeni*[1]. Tu vaux mieux que ça. » Sipho serra les dents et encaissa le coup, sans savoir que Zola avait tout entendu.

Zola refit les valises et demanda à ce qu'il la reconduise chez eux sur-le-champ. « J'ai tout entendu, Sipho. Je suis désolée d'avoir insisté pour qu'on vienne. J'avais tort. Je lui épargnerai la peine d'avoir à jouer la comédie. » Elle s'étonnait qu'être rejetée par cette femme qu'elle n'avait jamais ren-

1. « D'occasion ».

contrée auparavant lui fasse aussi mal. Elle ne devait revoir la mère de Sipho que des années plus tard, dans des circonstances très différentes.

Le retour en voiture fut sombre. Des larmes dansaient dans les yeux de Zola, tout au bord de se déverser le long de ses joues. Sipho conduisait d'une main, tenant celle de Zola dans l'autre.

Mvelo était assise à l'arrière, parfaitement silencieuse. Elle savait que quelque chose clochait.

De même qu'un simple bouton peut dégénérer en plaie suppurante, des fissures apparurent dans leur foyer heureux. Sipho se mit à travailler de plus en plus tard, à rentrer en douce au milieu de la nuit. Quand il était là, l'ambiance au dîner était tendue : fini les rires et les anecdotes qu'il rapportait de sa journée au bureau. Comme une tortue, Zola se retira dans sa coquille et redevint la fille triste qu'elle avait été.

Mvelo s'escrimait à divertir sa famille, mais ça ne marchait pas. La maison était froide, et elle se mit en colère, surtout contre sa mère. « Pourquoi elle ne peut pas tout simplement être heureuse ? » se demandait-elle. La tristesse de Zola était contagieuse. Elle s'insinuait partout et repoussait Sipho, qui préférait rester au bureau ou au *shebeen*.

Zola sentait qu'elle était en train de le perdre. Elle lui en voulait de n'avoir pas pris sa défense contre sa mère, elle s'en voulait à elle d'avoir échoué à retenir son intérêt. Une vague de panique la submergeait chaque fois qu'elle pensait à un avenir sans Sipho. Elle luttait pour contenir ses larmes lorsqu'elle regardait Mvelo. Qu'adviendrait-il de cette enfant ? Elle savait qu'elle serait incapable de rester s'il commençait à coucher avec d'autres femmes. Ce qu'on disait sur le mortel VIH lui donnait froid dans le dos. Elle se jura qu'elle ne contracterait pas la maladie, qu'elle ne laisserait pas Mvelo seule.

Mais elle était sa propre pire ennemie : malgré tous les efforts de Sipho pour maintenir la famille unie, elle le repoussait toujours plus loin. Elle se tourmentait, craignant qu'il ne lui mente et qu'elle attrape le virus, alors elle rejetait ses avances. Elle exigeait des tests et imposait les préservatifs. Ces règles resserraient le nœud coulant autour du cou de Sipho, jusqu'à ce qu'un jour il se réveille avec la sensation d'étouffer, incapable de se rappeler pourquoi il était avec cette femme. Il ne savait pas comment lui dire, et son lien avec Mvelo rendait les choses encore plus difficiles.

## Chapitre 7

Sipho aimait Zola. Il n'avait été qu'avec elle pendant six années entières. Mais c'était devenu trop difficile pour lui. Les femmes l'aimaient et il aimait les femmes. « Ce n'est tout simplement pas naturel, pour moi », dit-il à Zola.

Elle essaya de fermer les yeux jusqu'à ce qu'un soir il rentre à la maison avec un groupe d'avocats américains de son travail. Parmi eux, il y avait une très belle femme. Ils dînèrent puis se rendirent au *shebeen*, une « expérience unique du *township* ». Au dîner, Zola vit clairement que le charme de Sipho avait conquis l'inconnue.

Contrairement à la majorité des Afro-Américains, Nonceba Hlati était une Xhosa partie vivre aux États-Unis avec sa grand-mère afro-américaine, Mae. Son nom étonnait les locaux. Elle paraissait si exotique qu'ils s'attendaient à ce qu'elle porte un nom anglais. Mais elle insistait sur son héritage et son identité. Elle le faisait savoir en s'adressant constamment à Sipho dans sa langue maternelle. Les Américains étaient fascinés, pris de fou rire en entendant les sons cliquetant. Elle et Sipho prenaient plaisir à faire une démonstration de leur langue pour les autres convives.

La peau de Nonceba avait des tons dorés et luisait comme si le soleil l'éclairait. Ses pommettes étaient sculptées, et elle avait des yeux perçants auxquels rien n'échappait. Ses cheveux étaient tressés. Sipho était autant sous son charme qu'elle sous le sien. Devant leur badinage effronté, les autres se regardèrent avec surprise. Ils n'avaient jamais vu Nonceba flirter. Derrière son dos, ils l'appelaient la reine des glaces. La voir s'adoucir de cette façon les stupéfiait, et Sipho en devenait intrigant.

Nonceba n'avait pas conscience de la souffrance qu'elle causait à Zola. Sipho n'avait pas été honnête quant à la nature de leur relation. Il était resté vague, prétendant qu'elle était une amie proche dans le besoin, qu'il s'occupait d'elle et de sa fille. À l'entendre, Nonceba comprit que Zola était une sorte de domestique qu'il aidait à rebondir après une mauvaise passe. Le fait que Zola se montre froide et distante avec Sipho en la présence des autres n'arrangeait rien. Elle se retira dans sa chambre et avala son repas seule pendant que la conversation animée à table battait son plein.

Zola était une beauté naturelle, mais comparée à cette femme, elle ne faisait pas le poids. Elle le savait et, après avoir servi le dîner et échangé quelques banalités prétentieuses, la craintive Zola s'excusa et alla se coucher.

Elle entendait le bruit des rires et de la conversation intelligente qui se déroulait à côté, jusqu'à ce que Sipho transporte la fête chez Skwiza. Cette dernière était ravie d'avoir des visiteurs des États-Unis.

Ce fut la nuit la plus solitaire que Zola connut depuis qu'elle était venue vivre avec Sipho ; elle savait que c'était la fin annoncée du rêve, et elle s'endormit en pleurant. Mvelo n'arrivait pas non plus à trouver le sommeil, mais pour une autre raison. Elle ne pouvait s'empêcher de penser à la belle femme qui venait d'Amérique et se jura qu'un jour elle serait aussi belle qu'elle.

Âgée de dix ans, Mvelo ne comprenait pas grand-chose aux affaires de cœur. Alors que sa mère était anéantie, elle ne l'était pas, car elle savait sans le moindre doute que Sipho les aimait.

L'an 2000 approchait, ouvrant un nouveau chapitre dans la vie de Zola. Quand ils se séparèrent, Sipho fit asseoir Zola et Mvelo. C'était un moment solennel et tendu. Il était très ému. Il s'excusa de n'avoir pas tenu sa promesse. Puis il déclara ouvertement qu'il ressentait à présent une autre sorte d'amour pour Nonceba. Il souligna que rien ne l'empêcherait d'être un père pour Mvelo, qu'il les aimait toutes les deux beaucoup mais qu'il ne voulait pas perdre Nonceba.

Les yeux de Mvelo étaient agrandis par les larmes. Elle regarda tour à tour sa mère et Sipho, sans comprendre. Elle ne pouvait croire qu'il leur arrachait le cœur. Elle aimait Sipho, mais sa mère était son monde. Elle s'enfuit de la pièce en courant et s'enferma dans sa chambre. Sipho se sentit vaincu. C'était dur de voir sa petite fille blessée par sa faute, mais il voulait parler à Zola entre adultes.

Il avait réfléchi à son discours pendant des jours, pourtant les mots lui échappaient. Il avait commencé à comprendre ce qui lui arrivait. L'amour qu'il portait à Zola était du genre sans danger, du genre que désirent la plupart des hommes. Ils choisissent une femme qui n'exigera rien d'eux, afin de se construire une vie confortable et prévisible. Ils choisissent quelqu'un qui fera la cuisine, prendra soin de la maison, pourvoira à leurs besoins physiques ; quelqu'un dont ils assurent la subsistance et qui se contentera en retour de les admirer et de les aimer.

Nonceba, en revanche, avait été comme un éclair. Avec Zola, il avait trouvé un équilibre, car il contrôlait les choses, mais avec Nonceba il s'avançait en terrain dangereux. Il raconta que c'était par respect pour Zola qu'il ne voulait pas lui mentir.

Il ne semblait pas envisager que Zola puisse faire ses valises et le quitter. Dans sa fièvre amoureuse pour Nonceba, il présumait simplement que Zola accepterait la situation et continuerait à vivre avec lui. Il savait qu'en dehors du *shebeen* elle n'avait nulle part où aller. Il savait aussi qu'elle ne voulait pas exposer Mvelo, qui grandissait, à des hommes ivres et libidineux.

Zola ne jouait peut-être pas dans la même catégorie que Nonceba, mais elle avait sa fierté et aimait trop Sipho pour le partager. Il ne lui fallut pas longtemps pour empaqueter ses vêtements et ceux de Mvelo. En guise d'adieu, elle versa un seau d'eau sur le lit de Sipho et pissa sur ses chaussures, puis elles s'en retournèrent à leur point de départ, chez Skwiza, qui les accueillit de nouveau à bras ouverts en gazouillant. Elle aussi avait une dent contre Nonceba, cette nouvelle femme dans la vie de Sipho, parce qu'il n'était plus un client régulier.

Nonceba était une femme complexe. Elle descendait de ceux qui étaient morts avec, sur la langue, des hurlements à glacer le sang et des malédictions ; ceux qui étaient connectés à la terre par des liens que la science empirique ne pouvait expliquer. Son nom signifiait « mère de la compassion », et elle était née dans une petite cellule de John Vorster Square[1]. Sa mère, Zimkitha Hlathi, y était emprisonnée, mais elle était un esprit libre et rebelle. Son père, Johan Steyn, se faisait en revanche un sang d'encre pour Zimkitha, son amour interdit.

Aujourd'hui, les courbes féminines de Nonceba faisaient écho à Ya Asantewa, la reine Ashanti, forte et fière, à Sojourner Truth*, Nongqawuze*, Ellen Khuzwayo*, Lillian Ngoyi* et aux nombreuses femmes guerrières de par le monde. Sa volonté était féroce et déterminée, à l'instar des Boeremeisies[2] rebelles qui défièrent le règne des Anglais. Il y avait en elle la fébrilité d'Ingrid Jonker* et l'étoffe d'une puissante sangoma[3], mais elle refusait de le reconnaître.

1. Quartier général de la police à Johannesburg, et notamment de la Direction de la sécurité qui y fit subir pendant l'apartheid interrogatoires et torture aux prisonniers politiques.

2. Terme désignant les dames afrikaner.

3. Nom donné aux devins et guérisseurs des maux physiques, psychiques et spirituels en Afrique du Sud.

* Se référer à la galerie de portraits en fin d'ouvrage, p. 185.

Elle avait le genre de chevelure que nombre de femmes noires s'efforcent d'obtenir en dépensant des milliers de rands, pourtant elle rêvait de cheveux crépus comme de la barbe à papa, du nez large et des courbes plus rondes associés à l'authentique femme noire. Alors que beaucoup de femmes noires l'enviaient, elle les enviait, elles.

Elle détestait l'intérêt qu'elle suscitait, car elle s'en méfiait. Elle savait qu'il était essentiellement fondé sur sa beauté. Mais elle possédait d'autres dons. Elle percevait intuitivement les sentiments de ceux qui croisaient son chemin. Lorsqu'elle était petite, elle se rendait malade du poids écrasant de la tristesse et des maux du monde, trop lourds à supporter pour une enfant. Les docteurs américains lui avaient diagnostiqué toutes sortes de maux et lui donnèrent des pilules, mais avec le temps elle apprit à contrôler sa sensibilité.

Sa rencontre avec Sipho l'apaisa : elle savait qu'il l'aimait pour son être véritable et pas seulement son apparence extérieure. Elle pouvait enfin respirer. Elle faisait une bonne avocate, car elle était capable de prendre du recul par rapport à un argument, tout en repérant à l'instinct son point faible avant de porter l'estocade.

Sipho changea d'une façon qui agaça beaucoup de gens à uMkhumbane : il n'était plus aussi disponible pour eux qu'il l'avait été. Les *tsotsis* qui comptaient auparavant sur lui pour les représenter devant les tribunaux, qu'il s'agisse de crimes petits ou grands, ne pouvaient plus faire appel à ses services car il commença à développer son activité auprès de grosses entreprises, sur les conseils de Nonceba. Ils pensèrent un moment tendre une embuscade à cette femme, mais ils percevaient qu'elle n'était pas seule. Ils sentaient d'autres âmes flottant autour d'elle, si bien que chaque fois qu'ils l'approchaient des frissons glacés leur parcouraient l'échine.

La personne la plus sceptique en ce qui concernait Nonceba était la mère de Sipho. « Je ne l'aime pas du tout, dit-elle lorsqu'il emmena Nonceba rendre visite à la vieille femme à eMpendle. Elle me fait peur. Il y a quelque chose qui ne tourne pas rond chez elle. Elle est toute couverte des ancêtres, les *amadlozi*, de la tête aux pieds. Tu ne peux pas te contenter d'une bonne femme zulu comme Zola ? » Sipho faillit tomber de sa chaise en repensant aux méchancetés qu'elle avait proférées au sujet de Zola. « Oui, bon, mieux vaut le diable qu'on connaît… marmonna-t-elle en voyant le regard qu'il lui jetait, plutôt que cette étrangeté que tu ramènes sous mon toit. »

Sipho n'emmena plus jamais Nonceba au village après ça, et ce fut lors d'une de ses visites en solitaire à eMpendle que les *tsotsis* tentèrent leur chance. Ils virent que sa voiture n'était plus là et décidèrent d'attendre le milieu de la nuit pour surprendre Nonceba sans défense, en plein sommeil. Ils avaient appris ce truc des Boers, dans les années quatre-vingt, quand ils attaquaient les *townships* au cœur des ténèbres. Les *tsotsis* visèrent les premières heures d'un dimanche, lorsque seuls les esprits des morts osent rôder dans les rues.

La maison était plongée dans l'obscurité lorsqu'ils approchèrent. Ils savaient tout de la géographie des lieux, car quand Skwiza les mettait dehors pour fermer le *shebeen*, la fête se déplaçait souvent chez Sipho. Ça, c'était avant l'arrivée de cette malédiction, Nonceba.

Ils se disaient que ce serait facile. Sipho n'avait pas installé de barreaux anti-cambriolages. Il vivait comme en dehors du monde qui l'entourait. Il disait toujours que vivre derrière de hautes clôtures et des alarmes ne faisait qu'enrichir le business de la sécurité qui prospère sur les peurs des gens. Les *tsotsis* trouvaient que c'était une excellente philosophie.

Le dernier des quatre hommes avait tout juste réussi à grimper jusqu'à la salle à manger quand la fenêtre se referma d'un coup sec derrière eux. Ils échangèrent des regards en silence, les yeux écarquillés. La maison suait comme un sauna et une forte odeur d'herbes flottait. Ils restaient là, tétanisés, sans la moindre idée de quoi faire ensuite. C'est alors que Nonceba sortit de la chambre, un pot de terre à la main. Elle saupoudra le contenu du pot autour de la maison. Elle ne semblait pas les voir, plantés là, en plein milieu. Elle se parlait toute seule dans une langue qu'ils ne comprenaient pas et dont les sonorités leur fichaient la chair de poule.

Elle alla dans la salle de bains, et les chiens se mirent à hurler, ce qui sortit les *tsotsis* de leur torpeur. L'un d'eux grimpa sur une chaise pour essayer d'ouvrir la fenêtre, mais comme elle ne bougeait pas d'un pouce, ils foncèrent sur la porte et se retrouvèrent dehors en tas, trop choqués pour émettre le moindre son. Personne ne sut jamais ce qui avait transformé ces quatre brutes en paroissiens assidus à l'église, et qui ne buvaient plus que du thé. Même entre eux, ils n'aimaient pas parler de cette nuit où ils avaient essayé d'attaquer Nonceba.

## Chapitre 8

Le séjour de Zola chez Skwiza ne fut pas long. Elle travailla rapidement avec quelques clients de sa tante qui lui avaient trouvé une place et du matériel pour se construire une cahute dans le bidonville qui avait poussé comme un champignon aux marges de uMkhumbane. Elle était blessée, elle avait peur pour sa fille. Des histoires de viols d'enfants la poussaient à œuvrer plus vite pour éloigner Mvelo du *shebeen* et du danger. Zola était de nature peu bavarde, mais à présent, dans sa douleur intime, son silence était chargé de peur, de rage et de déception si profondes qu'elle ne pouvait se résoudre à s'y abandonner. Elle se concentra uniquement sur la survie et la construction d'un foyer pour Mvelo. Elle commença à chercher du travail et finit par vendre des fripes en ville.

C'était dur pour elles, surtout quand il se mettait à pleuvoir. L'eau s'infiltrait dans les murs à travers les interstices. La nature était cruelle. Elles avaient l'impression que Dieu leur crachait dessus. Pendant les tempêtes horribles, elles sentaient leur cœur se serrer et priaient pour que leur cahute ne soit pas emportée par une bourrasque. Le vent était une brute qui les malmenait.

Et puis il y avait les odeurs. Une combinaison infâme de nourriture pourrissante et de vieille urine. Un de leurs voisins souffrait de problèmes intestinaux, et elles entendaient chaque laborieux borborygme quand il faisait son affaire. Il n'y avait que six latrines couvertes pour toute la zone, alors les gens improvisaient à l'aide de seaux, surtout la nuit.

Certaines nuits, des sons leur parvenaient qui mettaient Zola très mal à l'aise. Elle était particulièrement contrariée que Mvelo les entende et montait le volume de la radio pour noyer les gémissements de l'autre côté de la cloison. Elle n'expliqua jamais, cependant, pourquoi les voisins faisaient ces bruits surtout la nuit. Toujours perspicace, Mvelo n'insista pas sur le sujet, car elle savait avant même de demander qu'elle n'était pas censée poser la question.

Leur premier hiver dans le bidonville fut terrible. Elles survécurent à trois incendies hors de contrôle, provoqués par les poêles à mazout de voisins qui s'étaient renversés. Zola et Mvelo furent épargnées, car leur cahute était située juste à côté de la route. Ceux qui vivaient au centre du bidonville devaient toujours tout recommencer, avec rien d'autre que la tôle ondulée rescapée du feu.

Dans l'un de ces incendies, un jeune garçon trouva la mort. Il dormait quand le feu s'était déclaré. Le temps que sa mère revienne du *shebeen* en courant, il était trop tard.

Les hurlements de douleur déchirants de cette femme laissaient clairement entendre que quelqu'un, quelque part, serait maudit à vie. Ils durent la clouer au sol pour la retenir de se jeter dans les flammes. Elle offrait une vision pitoyable, sa robe soulevée dévoilant à tous sa culotte pleine de trous tandis qu'elle se battait contre ceux qui l'empêchaient de rejoindre son fils.

Les reporters se pointèrent pile à l'heure avec leurs appareils photo, leurs carnets et les mêmes vieilles questions usées adressées à la mère en deuil.

« Qu'est-ce que ça vous fait que votre fils soit mort dans l'incendie d'un bidonville ?

— Mon fils vient d'être carbonisé, à votre avis, ça me fait quoi, putain ?!! » hurla la femme éplorée, abreuvant d'insultes les journalistes apeurés. Le lendemain, les gros titres des journaux demandaient qui étaient les responsables de cette violence structurelle. Zola délivra à Mvelo de nombreux sermons quant au danger qu'il y avait à jouer avec des allumettes et toute autre chose susceptible de mettre le feu.

Sipho se planqua quelque temps, attendant que Zola soit calmée avant de venir leur rendre visite. Il proposa son aide pour payer les frais de scolarité de Mvelo et de quoi meubler la cahute. Ses sentiments à l'égard de Zola dépassaient ceux d'un amant. Il éprouvait une forme de responsabilité familiale.

Son offre réveilla tout le mépris et la colère refoulés de Zola. Elle lui hurla dessus : « On se connaît depuis plus de la moitié de ma vie, toutes ces années où tu as clamé que tu m'aimais, et quand j'ai fini par céder et t'ouvrir mon cœur, Sipho, qu'as-tu fait ? Tu me remercies avec une assiette de merde. » Sa voix était amère, pleine de colère, de peur et de confusion quant à pourquoi Sipho aimait à présent quelqu'un d'autre.

Elle essayait de le frapper avec des casseroles, lui jetait des assiettes à la figure. Il esquiva et s'approcha d'elle, encaissant les coups jusqu'à ce qu'elle s'effondre contre sa poitrine, épuisée, pleurant comme une enfant. Il la berça, puis ils dormirent tous les trois jusqu'à ce qu'il se réveille au milieu de la nuit.

Il recouvrit mère et fille d'une couverture et laissa une liasse de billets de 200 rands pour se débarrasser de son sentiment de culpabilité, parvenant ainsi à se convaincre qu'il était encore un type bien. Puis il sortit dans la nuit argentée éclairée par la lune.

Une fois, il avait demandé à la petite Mvelo de regarder la lune et de lui dire ce qu'elle y voyait. Ils étaient allongés sur le dos sur la pelouse de son jardin. « On dirait qu'il y a des gens qui vivent à l'intérieur, avait dit Mvelo en s'asseyant, sondant les yeux de Sipho à la recherche d'une confirmation.

— Hmm, oui, je crois. On dirait une femme qui porte un bébé sur son dos et du bois pour le feu sur sa tête », répondit-il en traçant les contours d'une image du bout du doigt. Il parlait avec tant de conviction que Mvelo la vit pour de vrai, pendant qu'il expliquait.

« Oui, moi aussi je la vois ! » s'écria-t-elle en sautillant d'excitation jusqu'à s'en étourdir.

Il éclata de rire, et ils s'écroulèrent tous deux en une masse hilare. Zola, debout, les regardait, amusée mais s'efforçant d'adopter un ton sévère, leur reprochant de faire du tapage nocturne comme des sorcières de village. Sipho repensait avec nostalgie à cette époque en se dirigeant vers la maison qu'il partageait désormais avec Nonceba.

Quelques mois passèrent et Zola voyait bien que Sipho manquait beaucoup à Mvelo et qu'elle avait très envie de le voir. Elle s'adoucit, car elle ne pouvait supporter de voir sa fille dépérir, et l'autorisa à rendre visite à Sipho et à Nonceba chez eux. Ces moments devinrent rapidement une joie pour Mvelo, qui avait dépassé la colère de la rupture avec sa mère et pouvait revenir à l'amour de la seule figure paternelle qu'elle eût jamais connue. Au début, il y eut un certain malaise, car Mvelo étalait ouvertement sa rancœur envers Nonceba. En secret, elle trouvait que Nonceba était la plus belle femme du monde et elle aurait aimé être son amie, mais sa loyauté allait d'abord à sa mère. Elle se rendait infernale pour faire souffrir la femme de Sipho, mais ça ne marchait pas. Au contraire, Nonceba la désarmait à force de charme, elle semblait savoir précisément tout ce qui ferait plaisir à Mvelo. Bientôt, elles devinrent fermement amies. Mais Mvelo maintenait les apparences auprès de sa mère. Avec Zola, elle faisait semblant de mépriser Nonceba.

Mvelo s'était adaptée à la vie dans les taudis. Elle y jouait avec les gamins, mais elle n'aimait pas trop quand ceux des maisons en brique la regardaient de haut à l'école. Elle apprit vite que les enfants peuvent se montrer cruels. Elle apprit aussi à les rejeter avant d'être elle-même rejetée. Les gosses des taudis se serraient les coudes, se réconfortaient, se donnaient confiance les uns aux autres.

Un chercheur venu d'Angleterre débarqua pour

mener une étude sur les taudis et fut surpris de découvrir que le niveau de confiance en soi des petits était plus élevé dans le bidonville que chez nombre de ceux qui vivaient dans de vraies maisons. Les gamins l'aimaient bien parce qu'il leur donnait des bonbons et des gâteaux, mais Nonceba gâcha la fête lorsqu'elle chassa l'inconnu.

Elle l'avait vu plusieurs fois en venant chercher Mvelo. Elle lui demanda qui il était, et Mvelo lui parla des questions qu'il posait et des friandises qu'il distribuait pour leur grand plaisir. « Il parle comme les gens à la télé », expliqua Mvelo à Nonceba.

Lorsque l'étude du chercheur commença à circuler dans les journaux et à la radio, Nonceba décida que le temps était venu. Les conclusions du type semblaient suggérer que les taudis n'étaient pas si terribles ; les enfants étaient heureux et s'accommodaient de la situation. Peu importaient les victimes d'incendies de poêles à mazout dus à l'absence d'électricité. Aucune mention du manque d'espace ou d'intimité qui exposait les jeunes aux activités sexuelles des adultes.

Nonceba alpagua le chercheur quand elle le vit la fois suivante. « Il n'y a pas d'enfants, en Angleterre ? Pourquoi venir de tout là-bas jusqu'ici, précisément, pour mener cette étude ? » Il tenta de raisonner avec elle, mais il n'était pas de taille. « Vous ne me duperez pas comme ça, et eux non plus, dit-elle en indiquant les mômes. C'est vos bonbons qu'ils aiment, pas vos questions, et ils voient clair en vous. Ils fabriquent des réponses conformes à ce qu'ils savent que vous voulez entendre. »

Elle planta le couteau dans la plaie et le piqua au

vif de ses mots acérés. Puis elle le regarda calmement remonter tête basse dans sa voiture, cramoisi et furieux, et s'en aller en quête d'un autre bidonville du continent, persistant à ignorer les problèmes de son propre pays.

Sous le choc, Mvelo était aussi gênée, car Nonceba avait raison. Ils avaient en effet répondu de façon à plaire au chercheur parce qu'ils voulaient obtenir les bonbons. Dans les taudis, les gosses aimaient imaginer des foyers heureux avec tous leurs attributs. Ils trouvaient du réconfort dans leurs rêveries, car tout y était possible. Si leurs professeurs leur demandaient d'écrire une rédaction intitulée : « Ma maison », dans ces compositions, ils vivaient tous dans de grandes villas aux écuries pleines de chevaux pour aller galoper dans les vertes collines ; leurs pères – même si dans la vie, la plupart d'entre eux ne connaissaient pas leur géniteur – possédaient des chocolateries où ils mangeaient du chocolat à s'en rendre malades ; et leurs mères, dont la majorité travaillaient comme domestiques, étaient jolies, portaient des vêtements et des parfums luxueux. Les enfants visualisaient le plus souvent leurs professeurs féminins.

Mvelo apprit beaucoup de choses avec Nonceba. Nonceba adorait les foulards et les tissus africains colorés. Elle ne faisait jamais ses courses dans les magasins de chaînes. Tout ce qu'elle portait la rendait jolie. Au seuil de l'adolescence, Mvelo manquait intérieurement d'assurance, mais elle renvoyait une image bien différente. Elle commença à imiter le style de Nonceba, dans l'espoir de devenir aussi belle qu'elle. Ses amis se moquaient d'elle et de ses robes africaines à imprimés, mais elle s'en fichait parce que Nonceba avait dit que ce n'était pas grave d'être différente. Au début, ça faisait mal quand les autres riaient, mais peu à peu elle se mit à croire pour de bon qu'elle devait s'accepter telle qu'elle était.

Dans les premiers temps, ce furent les mots de Nonceba qui lui donnèrent de la force, mais bientôt, sa propre voix intérieure qui gagnait en confiance prit le relais. Elle commença à se regarder dans le miroir et à comprendre qu'elle ne pourrait jamais ressembler à Nonceba. Sa peau était plus sombre, ses cheveux plus crépus, son nez plus large. Ses hanches et ses fesses devenaient aussi plus rondes. Mais elle ne trouvait plus son apparence repoussante, comme ç'avait été d'abord le cas. Elle la trouvait intrigante et excitante.

Nonceba avait choisi de parler sa langue maternelle. Elle répondait en isixhosa à ses autres collègues noirs du cabinet d'avocats, qui eux préféraient parler anglais, même entre eux. L'isixhosa était sa langue. Sa grand-mère et elle l'employaient entre elles quand elles étaient retournées aux États-Unis. C'était la seule chose à laquelle grand-mère Mae s'était accrochée quand elle avait renoncé et décidé de rentrer dans son pays natal. Elles ne voulaient pas oublier qu'elles étaient africaines. Mae avait laissé tomber son nom de jeune fille, Wilson, et adopté fièrement celui de Mme Mae Hlathi lorsqu'elle avait épousé le bon docteur, le grand-père de Nonceba.

Parfois, Sipho avait pitié des stagiaires du bureau. Ils arrivaient les yeux brillants, prêts à tout pour avoir

Nonceba comme mentor, une Américaine à la peau claire. CJay, dont le vrai nom était Cetshwayo Jama Zulu, eut droit à la réaction typique de Nonceba. Il se pointa avec un accent pseudo-américain, persuadé qu'il la séduirait grâce à son charme qui ne lui faisait jamais défaut sur le campus.

« Très bien, commençons par faire connaissance. Quel est ton nom complet ? demanda Nonceba en regardant son CV où il était seulement écrit CJ Zulu.

— Je m'appelle CJay, dit Cetshwayo.

— Je sais lire, dit-elle, mais qui sont tes gens, CJay ? »

Il prit un air perplexe.

« Je veux dire, si je t'arrachais ton costume de mec cool, qui je rencontrerais ? »

CJay commença à s'énerver.

« Yo, man, écoute, lâche-moi un peu la grappe, ma sœur. J'veux juste terminer mon semestre et me trouver un job pour me faire du fric. Tu vois c'que je veux dire ?

— CJay, as-tu vécu aux États-Unis ? »

Nonceba était pressée d'en finir avec le baratin.

Les yeux de CJay se mirent à briller. Il ne voyait pas de plus beau compliment que celui-ci : une Américaine qui le prenait pour un véritable compatriote.

« Oh non, ma belle, c'est juste un truc que j'ai chopé sur le tas. »

Il sourit comme l'imbécile qu'il était.

« Premièrement, fit Nonceba qui en avait assez de perdre son temps, je ne suis pas “ta belle”. Et deuxièmement, tu ne dupes personne d'autre que toi avec ces bêtises, Cetshwayo Jama Ka Zulu.

Écoute comment ça sonne. La langue nguni méridionale est une chose merveilleuse. Pourquoi veux-tu te faire passer pour un Américain à la noix ?

« Tu descends d'une longue lignée d'un peuple fier, mais au lieu de cela, tu as choisi un faux accent et une existence déracinée. Tu emploies un langage parsemé de putain par-ci, putain par-là. Vous croyez que c'est cool de vous traiter les uns les autres de "nigga" à tout bout de champ. Sais-tu seulement la souffrance qui pulse au fond de cette langue hybride que tu as adoptée et revendiquée pour tienne ?

« Cetshwayo, tu ne connais pas ta chance. Enfant, tu me donnes envie de pleurer pour tes fiers ancêtres dont tu peux établir la généalogie jusqu'aux origines. À travers ton nom, tu peux remonter jusqu'à Shaka*, ce fils adoré d'une mère rebelle, Nandi*, jusqu'à sa tante Mkabayi* qui régna stratégiquement sur le royaume zulu, en coulisses, et même encore plus loin, jusqu'à son grand-père Jama kaNdaba*.

« Laisse donc ces choses dont tu ne sais rien pour la télévision. Je vois bien que tu es intelligent, ton dossier en témoigne. Et je veux te donner ta chance. J'aimerais donc que tu nous rejoignes pour effectuer ton stage. »

Et comme si de rien n'était, elle sourit et tendit sa main à Cetshwayo, à présent complètement muet, comme si on lui avait coupé la langue.

# Chapitre 9

Petit à petit, Zola ravala sa fierté et accepta l'aide de Sipho pour payer les frais de scolarité et l'argent de poche de Mvelo. Mais quand il annonça qu'il voulait envoyer Mvelo dans une école en ville, elle refusa tout net. Pour une fois, elle et Nonceba étaient d'accord. Même si leurs raisonnements différaient. Zola s'inquiétait des conditions de vie de sa fille, craignait qu'elle soit la risée d'enfants aux riches parents parce qu'elle vivait à eMkhukhwini, les taudis, alors qu'eux habitaient les quartiers chics.

Nonceba s'étonnait que Sipho veuille faire entrer Mvelo dans un système qui l'empoisonnerait peu à peu, comme il l'avait fait avec CJay.

« Elle recevra un meilleur enseignement là-bas, s'il te plaît, ne nous disputons pas à ce sujet, Nonceba, soupira-t-il.

— Mais, Sipho, tu sais ce qui se passe dans ces écoles. Les filles avalent des laxatifs pour avoir le ventre plat comme des ballerines. Elle désapprendra tout ce qu'elle a appris sur elle-même jusqu'ici. Elle voudra se trancher le nez pour l'affiner, se casser le dos juste pour qu'on la remarque. »

Elle rappela à Sipho le cas de sa nièce Nomusa, originaire des *bundus*[1] de eMpendle, qui avait tenté de se suicider après que son oncle l'avait inscrite dans un internat privé et qu'elle avait compris qu'elle n'avait plus sa place nulle part.

Le suicide était toujours un sujet sensible avec Nonceba. Sa mère était entrée dans l'océan pour s'y noyer. Elle n'avait qu'un an à l'époque, mais elle en connaissait l'horreur et le choc.

Sipho tenta de raisonner Nonceba en argumentant que Mvelo était plus forte, différente de Nomusa. Mais elle n'était pas convaincue.

« C'est quoi le problème avec les écoles d'ici, où sont ses amis ? » lança-t-elle à Sipho comme un défi.

Il déclara que les écoles du *township* étaient mal équipées, les enseignants, mal formés et les élèves, dissipés.

« Et ils ne sont pas dissipés dans les écoles privées ? Est-ce que tu vois les filles des écoles du *township* vomir et chier leurs tripes juste parce qu'elles veulent être minces ?

— Non, mais je les vois enceintes, Nonceba. Pas seulement une ou deux, mais bon nombre d'entre elles, rétorqua Sipho.

— Les filles des écoles privées tombent aussi enceintes ; mais elles font juste un saut à la clinique Marie Stopes pour se faire avorter.

— Donc tu dis quoi, exactement, Nonceba ?

1. « Régions lointaines et sauvages ».

Qu'il vaut mieux peupler le *township* qu'aller à la clinique ? »

Il était exaspéré. Les arguments de Nonceba étaient toujours en décalage avec le reste du monde.

« Je dis, je me demande pourquoi tu fais tellement confiance aux écoles privées ? Les parents de la classe moyenne noire devraient investir leur énergie dans les écoles publiques, vos propres vieilles écoles, ici, à la maison, pas en ville. Je veux dire, pourquoi payer des milliers de rands en frais de scolarité, en transport, en innombrables sorties scolaires et même en salaires pour tuteurs privés alors que vous pourriez remettre une école en état, ici, et laisser les enfants faire leur apprentissage pendant douze années, en ayant dépensé moins de deux mille rands par an ?

« Bon sang, les frais pour l'université ne sont rien par rapport à ce qu'on casque pour ces écoles privées. Tu ne vois pas le message qu'ils envoient ? Ils essaient d'écarter la racaille en augmentant les tarifs. Et puis une gamine ne développera pas de névrose quant à sa négritude dans une école locale.

« Tous ces gens qui ont fait des études ne devraient pas faire confiance aux écoles privées juste parce qu'elles sont chères et en ville. Leurs ressources devraient être investies ici. Ainsi, on n'aura plus de problème de classe, ce nouveau racisme où certains Noirs se font appeler Boss ou Madame. L'apartheid que les masses ont combattu, on se l'applique à nous-mêmes aujourd'hui. Ce que je dis, c'est que je veux protéger Mvelo. Je veux qu'elle soit entière. Si elle doit apprendre l'anglais, je lui enseignerai, en plus de ce qu'elle apprendra à l'école du *township*. Et je lui enseignerai l'histoire qu'elle doit connaître, pas la version qu'ils lui donneront, selon laquelle Shaka était un cannibale sans merci. Je lui offrirai les dons que j'ai eu la chance de recevoir de ma grand-mère et qui ne se trouvent dans les pages d'aucun livre. »

Elle entoura Sipho de ses bras séducteurs, et il fondit. Il dit oui à tout ce qu'elle lui demanda. Première chose à l'ordre du jour pour Nonceba, avec la permission de Zola, bien sûr : accompagner Mvelo à l'école. Elle voulait rencontrer ses professeurs et se présenter. Quand Nonceba eut serré la main de chacun d'entre eux, Mvelo sut qu'elle avait remarqué quelque chose à propos de M. Zwide, le prof d'histoire. Elle avait demandé à lui parler en privé. Une fois qu'il eut ravalé sa langue qui pendait littéralement, il dut se dire bêtement que Nonceba flirtait avec lui.

Il se trompait. Ce que voulait Nonceba, c'était lui donner un avertissement.

« Écoutez-moi très attentivement, monsieur Zwide. Je vous vois. Je vois que vous abusez de votre pouvoir pour tirer profit de ces adolescentes. Sachez que si vous posez ne serait-ce qu'un regard déplacé sur Mvelo, je vous tomberai dessus comme une tonne de briques. »

Avec Zola, Sipho et Nonceba, Mvelo était entre de bonnes mains.

Lorsque Nomagugu, une étudiante en théâtre à l'université de Natal, arriva avec pour évangile de ressusciter des traditions comme les tests de virginité, Zola déclara que Mvelo devrait s'y soumettre. Elle dit que c'était une bonne mesure à prendre pour la protéger des garçons et des pervers à l'affût. Pour faire plaisir à Zola, elle s'y rendit à contrecœur, mais elle avait l'impression que ça la mettait en danger, face à un péril immédiat, faisant d'elle une cible, une antilope séparée du troupeau. En secret, elle demanda son avis à Nonceba.

Bien entendu, Nonceba voyait les choses différemment.

« Je crois qu'il y a quelque chose de très puissant chez les vierges. Tu as remarqué que la plupart des religions insistent d'une façon ou d'une autre sur la virginité ? Je sais qu'elles donnent l'impression de vouloir contrôler la sexualité des femmes, mais si tu choisis de rester vierge aussi longtemps que tu le désires, alors le choix est entre tes mains, dit-elle. Une fois que ta virginité est perdue, c'est fini, c'est irréversible. Mais tu peux choisir quand la perdre, et avec qui. Tu peux sublimer ton énergie sexuelle dans d'autres activités en attendant d'être prête à changer. Tu vois ce que je veux dire ? »

Ce que Mvelo aimait chez Nonceba, c'est qu'elle lui paraissait très sensée, même si la plupart des gens la prenaient pour une excentrique.

Mvelo se rendit l'esprit clair à l'endroit où on testait la virginité. Elle le faisait surtout pour Zola, pourtant elle sentait également qu'elle était en possession de son être. Aussi, comme beaucoup d'autres filles de son âge, elle était curieuse de voir ce qu'ils testaient et comment. Elle découvrit qu'il y avait de bonnes testeuses, préoccupées par les viols sur mineurs endémiques et qui voyaient les tests comme la voie traditionnelle pour résoudre le problème ; mais d'autres étaient ivres de leur pouvoir et de l'attention que leur portaient les médias. Des correspondants étrangers et de riches pervers s'attroupaient avec leurs caméras pour profiter du cirque de chair de ces filles encore préservées qui écartaient les cuisses.

Les authentiques journalistes prenaient garde ne pas s'imposer, alors que les voyeurs pleins de bave se servaient de gros objectifs pour zoomer sur leur cible, exactement comme pendant *Umkhosi Wohlanga*, la danse des roseaux, où de jeunes vierges zulus très dévêtues présentent des roseaux au roi zulu.

Pour les tests, les vieilles femmes alignaient les filles tôt le matin, le plus souvent près d'une rivière. Les gamines s'allongeaient en rang, chacune avec une testeuse, et ouvraient les jambes. Avec deux doigts de chaque main, la testeuse écartait les lèvres de leur petit vagin, cherchant un « œil » ; le vagin d'une vierge est fermé, comme un bouton de fleur. Une fois qu'elle avait vu l'œil, la testeuse émergeait d'entre les cuisses de la vierge et adressait un signe de tête aux autres. Il s'ensuivait alors force youyous et cris de joie de la part des vieilles *gogos*. Les filles recevaient un certificat écrit puis étaient marquées d'un point sur le front indiquant qu'elles étaient encore pures.

Dans son bidonville, Mvelo fut identifiée comme vierge. Une proie facile, repérable, tel un zèbre courant parmi les springboks.

Elle avait pitié des filles qui avaient perdu leur virginité mais devaient se soumettre au test par peur de leurs parents. Parfois, elles trouvaient le moyen de tromper les testeuses, en usant d'un morceau de foie cru bien placé pour faire croire que l'hymen était encore intact. Certaines se servaient des craies du tableau noir de l'école. C'était une triste affaire car elles développaient ensuite des maladies. Les testeuses découvrirent la technique et les filles furent humiliées devant les foules de spectateurs. Et puis il y avait aussi des prédateurs qui chassaient les vierges parce qu'une rumeur circulait selon laquelle un homme positif au VIH serait guéri s'il couchait avec une vierge.

Un génocide sexuel des enfants et des femmes débuta, le viol comme arme pour des hommes qui n'avaient plus rien à perdre. Des filles se faisaient violer de tous côtés. Avant de rentrer chez elle, Mvelo apprit comment se protéger en effaçant le point blanc sur son front. Elle n'avait pas besoin de preuve extérieure pour être fière d'elle-même.

Tous les trois mois, Mvelo allait faire un test. Le jour où elle cessa de s'y rendre fut quand l'une des filles plus âgées s'avéra « abîmée ». C'est ainsi que les testeuses faisaient référence aux filles qui n'étaient plus vierges. La fille était sur le point d'épouser un chef d'une Église traditionnelle qui exigeait la preuve qu'elle était « préservée ».

Il y avait de la tension dans l'air. La fille choisie par le chef, assez vieux pour être son grand-père, portait un lourd fardeau sur ses épaules.

Elle ne voulait pas être mariée au vieillard. Elle était amoureuse d'un jeune homme de son âge et s'était donnée volontairement à lui. Comment pouvait-on la qualifier d'« abîmée » ? Elle était amoureuse. Si elle avait été violée, ç'aurait été différent.

Elle n'essaya pas de le cacher, se contentant de rester allongée pendant que la testeuse l'insultait et lui crachait dessus. Puis elle se mit à gémir. C'était humiliant. Après le test, la fille s'en alla vers la voie de chemin de fer où elle s'allongea, laissant le train l'abîmer pour de bon.

Mvelo tomba dans les pommes ce jour-là. Elle était bouleversée et complètement perdue. Elle revint à elle à la maison, le point de la fierté encore sur son front. Elle l'essuya et dit à Zola qu'elle n'y retournerait plus jamais.

La plupart des filles dans les taudis étaient abîmées par le viol. Ces jeunes filles avaient le poids du monde sur les épaules. Comment dire à leurs mères que c'étaient des gens en qui elles avaient confiance, des membres ou amis de la famille, leurs « oncles », les amants de leur mère, qui abusaient d'elles ?

Mvelo commença à s'agacer de toute cette histoire de tests parce qu'on ne demandait jamais pourquoi les filles étaient « abîmées », sauf quand elles étaient vraiment très jeunes. L'épidémie de viols était tellement hors de contrôle que certaines mères amenaient des petites extrêmement jeunes se faire tester, en guise de mesure de protection contre les agressions. Les « oncles » évitaient les gamines que l'on testait. Ils ne voulaient pas courir le risque d'être percés à jour.

Lorsque Mvelo cessa de se rendre aux tests, ses pairs pensèrent qu'elle avait dû être « abîmée ». Pourquoi, sinon ? Mais elle était déterminée à ne pas laisser les ragots la troubler.

## Chapitre 10

La spirale descendante de Mvelo débuta avec la nouvelle d'un décès, en 2002. La grand-mère de Nonceba était morte de vieillesse aux États-Unis. C'était la première fois que Mvelo voyait Nonceba plongée dans une telle détresse. Elle était ravagée par le chagrin, et Sipho la regardait, impuissant, car il ne pouvait rien faire pour alléger sa peine. Elle devait partir enterrer sa grand-mère.

Il était clair que ce ne serait pas un voyage de quelques jours. Elle devait s'occuper de toutes les affaires de sa grand-mère et prendre le temps de faire son deuil. Elle s'en alla en promettant à Mvelo de lui envoyer par la poste des cours de maths et des colis pleins de friandises américaines de toutes sortes. Zola ne communiquait jamais avec Nonceba, par orgueil, mais elle n'intervenait pas dans l'amitié qui la liait à sa fille. Nonceba envoya les paquets à l'adresse de l'école de Mvelo et garda le contact avec ses professeurs pour s'assurer que ses études ne souffraient pas.

Sipho essaya de vendre sa maison. Il était perdu sans Nonceba. Il avait peur qu'elle ne revienne pas et commença à former le projet de la retrouver en Amérique. Personne ne voulait acheter sa maison à Mkhumbane, car la rumeur disait que Nonceba était une sorcière. Ça n'empêcha pas Sipho de la rejoindre. Il laissa la bâtisse sous la garde de Mzokhona, son frère, qui était très différent de lui. Il était comme un débris flottant sur la rivière, se laissant porter par le courant, ivre du midi au soir. Sipho fit ses valises et s'envola retrouver Nonceba.

La grand-mère Mae avait quitté l'Amérique pour l'Afrique à la recherche de quelque chose qu'elle possédait déjà. Elle pouvait retracer ses racines jusqu'à des esclaves d'Afrique de l'Ouest et des tribus de Premières Nations qui chassaient le bison. Et puis il y avait eu l'horreur abominable des viols d'esclaves par leurs maîtres. Cela eut pour résultat qu'elle avait l'air moins africaine, plus exotique, comme si elle venait de terres inconnues. Ayant grandi dans l'Idaho, l'État de la patate, quasiment exclusivement blanc, elle ne se sentait pas à sa place, alors elle s'en fut pour se trouver un foyer.

Ses pas la menèrent d'abord vers les réserves. Mais observer la dévastation d'un peuple autrefois si proche de la nature, à l'étroit dans un espace exigu au milieu d'une vaste terre qu'il parcourait jadis librement, la déprima. L'alcool et le jeu la rendaient furieuse, asséchaient tout espoir en elle. Elle décida donc de chercher en Afrique un endroit où elle serait enfin chez elle. Son but était de dénicher l'homme le plus noir qu'elle pourrait trouver, qui lui ferait des enfants noirs qui n'auraient pas à subir la crise d'identité qu'elle avait vécue.

Les filles noires ne jetaient en général même pas un regard aux hommes les plus sombres, mais Mae était attirée par eux comme un papillon de nuit par la lumière. Elle en trouva un qui descendait des fiers Tshawe, Phalo, Hintsa, Gambushe, Majola et Thembu, les chefs xhosas. Elle n'eut pas à chercher bien loin. Elle le rencontra dans l'avion avant même d'atterrir sur le sol africain.

Il rentrait chez lui après avoir étudié aux États-Unis pendant quelques années, grâce à une bourse des missionnaires. Ils furent attirés l'un par l'autre comme de vieilles âmes frappées par une impression de déjà-vu. Le projet de Mae de s'embarquer dans un pèlerinage depuis le pied de la Mère Afrique, au Cap, jusqu'à sa tête, en Égypte, fut plié dans l'instant et remisé sur une étagère. Gugulethu Hlathi ne savait comment remercier ses ancêtres de lui avoir amené cette beauté inattendue.

Lorsqu'ils se rencontrèrent, ils étaient l'un l'autre l'incarnation de leurs rêves respectifs. Puis leur fille Zimkitha, « beauté », la mère de Nonceba, vint au jour. Ils s'installèrent dans un petit village tranquille près de la Côte sauvage. Zimkitha était la réponse aux prières de Mae. Assez noire pour être considérée comme africaine, avec des pommettes hautes et têtues d'Amérindienne et des yeux noisette, elle s'intégrait confortablement dans la communauté noire. Elle n'avait pas à endurer la cruauté qu'avait connue sa mère. Les gens plus sombres admiraient sa peau claire et la traitaient bien. Les enfants voulaient devenir ses amis, et les professeurs lui accordaient une attention toute particulière.

Ce fut vers la fin de son adolescence que les problèmes commencèrent. Telle une jeune mule, elle ne se laissait pas dompter, et les soulèvements politiques volatils de l'époque n'arrangeaient rien.

Ses parents lui avaient appris qu'elle pouvait être tout ce qu'elle voulait ; elle s'affranchissait de toute limite tracée par les règles imposées aux Noirs. La sublime Côte sauvage était trop petite pour elle, étouffait son esprit libre. Les événements précédant les émeutes de Soweto la virent couper le cordon ombilical qui la reliait à sa mère protectrice et son père dictatorial. Elle emménagea à Johannesburg où elle s'installa dans le quartier cosmopolite et racialement mélangé de Hillbrow ; là, elle et une poignée de jeunes Blancs libéraux en colère se donnèrent pour mission la désobéissance civile.

Influencés par Gandhi et Martin Luther King Jr, ils se promenaient en *transgressant pacifiquement*. Lorsqu'on les accostait pour les chasser par la force d'un banc public réservé aux Blancs, ils se mettaient à chanter et à danser. Zimkitha adorait ça, mais derrière toutes ces actions, un travail sérieux et important progressait. Ils étaient là pour faire diversion et empêcher la police de se concentrer sur la capture des jeunes combattants pour la liberté qui se mobilisaient localement et dans le monde pour libérer l'Afrique du Sud.

Zimkitha commença à coucher avec Johan Steyn en partie parce qu'on lui avait dit de ne pas le faire, tout simplement. Puis elle se retrouva en prison, enceinte de Nonceba, la fille de Johan. Elle fut arrêtée au titre de l'Immorality Act[1] après avoir été surprise en compagnie du fils d'un pasteur afrikaner bien connu.

Elle avait vu la police arriver de loin et défia Johan de l'embrasser devant elle. Ce qu'elle lui demandait le terrifia. Au moment où il s'apprêtait à tourner les talons pour s'enfuir, elle l'attrapa fermement et l'embrassa avec passion. La vérité, c'est qu'elle n'avait jamais réellement aimé Johan, sa relation avec lui faisait juste partie de sa rébellion.

Johan était timoré, et ça exaspérait Zimkitha. Elle soupçonnait qu'au fond de lui-même il était encore sous l'influence de l'endoctrinement de l'apartheid. Sa relation avec lui marqua le début de sa chute. La prison lui endurcit le cœur et transforma son insouciance en quelque chose de craintif. Avoir un enfant tua ses pulsions aventureuses.

Embrasser Johan en public avait déclenché tout ce qu'elle voulait déclencher. La police la jeta aussitôt en prison et le malmena, lui, disant qu'il devrait avoir honte de fréquenter une *kaffertjie*, une petite noire. Mais Johan n'eut pas le courage de la défendre. Il sentit son regard lui transpercer le dos tandis qu'il s'en allait, profondément

1. Le terme d'Immorality Act se réfère à deux lois, étroitement liées, existant en Afrique du Sud du temps de l'apartheid. Le premier texte, datant de 1927, interdit les rapports sexuels entre Blancs et Noirs, puis fut amendé en 1950 pour interdire les rapports entre les Blancs et l'ensemble des personnes de couleur (incluant les Coloureds – métis – notamment). La deuxième loi, votée en 1957, confirme cette prohibition et en outre traite de différents crimes sexuels.

déchiré et humilié. Elle avait cru que cet acte réveillerait le combattant pour la liberté qui sommeillait en lui, mais son calcul s'était révélé faux. Elle avait cru qu'il ne la laisserait pas être arrêtée alors qu'elle portait son enfant dans son ventre. Quand elle le vit baisser la tête de honte, elle connut la morsure de la trahison. Désobéir à la loi n'était plus un jeu.

Chaque pas qui l'éloignait d'elle les déconnectait un peu plus, et il sut qu'il avait ce jour-là commis un acte profondément immoral.

Il lui écrivit de façon compulsive des lettres qu'il n'envoya jamais. Dans ses lettres, il s'excusait encore et encore pour sa faiblesse, son incapacité à se dresser contre ce qu'il savait être injuste.

« Ce que tu ne comprendras jamais, c'est à quel point c'est dur de voir la déception dans les yeux de mon père. C'est un homme fier et un homme de Dieu, il croit profondément que c'est Sa volonté que les Noirs et les Blancs ne soient jamais ensemble. Je ne pourrai jamais lui dire que je t'ai mise enceinte. Je ne supporterais pas de perdre son amour et la confiance qu'il me porte. Je suis l'aîné de cinq fils. Ça me tuerait d'avoir à subir le mépris de mes frères. J'étais un bon fils avant de quitter Bloemfontein pour venir à Johannesburg. Je croyais aux théories de mon père, avant de me retrouver assis en face de toi, ce jour-là. Ton rire insouciant et ton attitude désinvolte m'effrayaient, mais j'étais en même temps attiré vers toi. Tu es entrée dans un bar où seuls les barmans et non les clients étaient noirs. Et pourtant, tu étais là, une femme noire sublime et tentatrice. Je ne pensais pas que tu avais remarqué qui que ce soit dans ce bar, et moi encore moins. Nous étions juste des visages blancs en train de boire nos bières, et toi tu étais avec tes potes blancs progressistes, à venir semer le désordre en entrant dans un lieu que tu savais t'être interdit. Nos fantasmes secrets et honteux furent révélés, comme nous te fixions ouvertement d'un regard concupiscent. Puis, tes amis et toi vous êtes levés pour danser, tes hanches tournoyant comme si tu étais chez toi dans ton salon. Une fille du groupe a passé sa main autour de ta taille, vous dansiez tout près l'une de l'autre, vos corps se touchaient. J'en avais le tournis à force de t'observer en silence. Ce fut la femme du patron du bar qui rompit l'enchantement. Elle colla une gifle à son mari, qui bavait presque de désir, pour le sortir de sa stupeur lubrique, et ils vous ont mis dehors manu militari, toi et tes copains. Ils t'ont peut-être expulsée du bar, mais pas de moi. J'ai suivi le groupe jusqu'à ce que j'aie l'opportunité de m'insinuer dans ta vie en devenant l'ami de certains des tiens, en faisant semblant de me battre pour la même cause. Tu ne t'es pas laissé duper, pourtant. Il a fallu du temps avant que tu baisses ta garde. Tu étais entrée dans ma vie comme une brise légère et tu m'avais complètement retourné. »

Johan écrivait ces lettres à Zimkitha pour se sauver de la folie. Il les conserva, dans l'espoir vain qu'un jour il serait de nouveau avec elle. Dans ses rêves, elle lirait ces lettres et lui pardonnerait tout.

Avant Zimkitha, la seule personne ayant menacé de briser le moule de ses idées au sujet des Noirs avait été Sihle, le seul étudiant noir en médecine avec lui. Les missionnaires avaient plaidé sa cause pour qu'il soit accepté dans une université qui n'autorisait pas la présence d'élèves noirs dans les classes, et les professeurs lui dispensaient leur enseignement à contrecœur, tout en déplorant en secret sa grande intelligence, car il leur prouvait qu'ils avaient tort en ce qui concernait les jeunes cerveaux noirs. Sihle le ressentait vivement, mais sa détermination à finir ses études était plus forte que toutes les discriminations auxquelles il devait faire face.

Johan se rappelait à présent, avec un sentiment coupable, qu'il avait été parmi ceux qui avaient fait de la vie de Sihle un enfer.

S'il lui était un jour donné une deuxième chance avec Zimkitha, aurait-il le courage d'affronter son père et sa famille ? Ses pensées le consumaient et il devint l'ombre de lui-même. Il se mit à fonctionner sur pilote automatique et termina ses études de médecine à l'université de Wits, mais son esprit était ailleurs. Il développa une addiction aux somnifères, avalant des pilules nuit après nuit, tandis que les yeux brûlants de Zimkitha le pourchassaient.

Lorsque sa famille suggéra qu'il épouse Petra, la fille d'un autre pasteur, il ne s'y opposa pas. Il était fatigué de lutter. Il remplaça les somnifères par d'autres drogues plus fortes, plus abrutissantes. Il était docteur, se disait-il, et non un vulgaire toxico.

Petra savait qu'elle disputait l'affection de son mari à quelque chose de puissant. Elle sombra dans sa propre dépression, dans un mariage stérile et sans amour. Elle trouvait du réconfort dans le fait d'être mariée à un médecin, issu d'une famille qui semblait aimer Dieu. Elle n'osait pas gratter sous la surface. Les choses tapies sous la façade paisible étaient trop effrayantes.

Zimkitha fut brisée lorsqu'ils la jetèrent dans une cellule sombre et silencieuse et l'abandonnèrent là pendant trois mois. Le seul bruit était celui du robinet qui gouttait toute la journée. Désespérée, elle avait conçu un plan qu'elle attendait de mettre en œuvre. Le matin du jour où le travail commença, elle agrippa la main qui passait lui déposer son unique repas de la journée. Elle y planta ses dents et verrouilla sa mâchoire comme un pitbull. Les hurlements de douleur de la gardienne rameutèrent les autres. Elles ouvrirent la cellule et se trouvèrent face à la puanteur de la vieille urine de Zimkitha et à la vision horrifique du sang dans sa bouche. Elle ressemblait à un animal sauvage, sa longue tignasse sale et emmêlée lui couvrant la moitié du visage.

À cet instant précis, elle perdit les eaux. Le choc précipita les gardiennes dans l'action. Pendant que certaines soignaient leur collègue mordue, d'autres s'occupèrent d'aider Zimkitha à mettre Nonceba au monde. Une vie toute neuve a le don de faire oublier tout le reste, même aux cœurs les plus endurcis. Zimkitha décida de nommer son bébé doré « Nonceba », « mère de la compassion ».

La nouveau-née devint son passeport pour la liberté, mais cette expérience la laissa trop brisée pour continuer. Elle quitta Johannesburg et retourna auprès de sa mère, au Cap oriental. Son père était devenu fou d'inquiétude en apprenant son arrestation et il avait rejoint le combat, menant de grandes grèves. Il avait été abattu d'un coup de feu pour avoir lutté pour la libération de sa fille. Alors, Mae commença à évoquer un retour aux États-Unis, mais Zimkitha refusa d'en entendre parler. Sa mère lui avait raconté combien elle avait souffert là-bas, et elle ne voulait pas se retrouver dans un autre pays qui la traiterait avec mépris.

Elle ne s'en sortait pas avec le bébé et ne supportait plus les meurtres innombrables de combattants pour la liberté. Elle devint apathique. Elle avait perdu son feu intérieur et elle n'avait plus la force de lutter. Le jour du premier anniversaire de Nonceba, alors qu'elles soufflaient les bougies sur le gâteau de la fillette en applaudissant à ses petits cris d'enfant heureuse, la radio annonça un massacre dans un train. Le présentateur parlait de violence commise par des Noirs sur des Noirs, mais Zimkitha savait que c'était bien plus que ça. Son visage et celui de Mae se décomposèrent. Elles échangèrent un regard, et Nonceba, toute jeune qu'elle était, perçut le changement d'humeur et se mit à pleurer. Sa grand-mère la prit dans ses bras et fit quelques pas pour tenter de la calmer.

Zimkitha commença à trembler. La frustration l'étouffait. Elle n'arrivait plus à respirer. Mae la serra contre elle et la berça jusqu'à ce qu'elle cesse de grelotter. « Je ne sais pas comment j'ai cru qu'on pourrait gagner ce combat. Je ne sais même pas pourquoi on s'est battu », dit-elle à sa mère entre ses larmes. La jeune Nonceba les observait toutes deux avec de grands yeux tristes. Mae éteignit la radio, et elles écoutèrent le bruit de l'océan qui grondait tout près.

Zimkitha attendit que sa mère emmène Nonceba avec elle au cercle d'artisanat où Mae travaillait avec des femmes de la communauté à la fabrication de paniers.

Puis, elle s'avança calmement dans les vagues.

# Chapitre 11

Les choses changèrent lorsque Sipho retrouva Nonceba aux États-Unis. Il avait toujours su qu'elle était comme un feu contenu qui consumerait la chair et lécherait les os à blanc si on lui en laissait l'occasion. Quand elle l'accueillit à l'aéroport O'Hare de Chicago, l'air glacial de février le frappa au visage comme le poing expert de cette merveilleuse légende, Muhammad Ali. Il eut envie de faire demi-tour pour reprendre le prochain vol vers l'Afrique ensoleillée, mais Nonceba était là, illuminée par la joie de le revoir.

Il lui suffit de plonger dans les yeux de Nonceba pour comprendre que, quoi qu'il dût affronter en Amérique, il resterait, car elle possédait son cœur. Elle lui parla de l'enterrement de sa grand-mère. Pour se distraire du chagrin d'avoir perdu Mae, Nonceba avait recommencé à travailler pour son ancien cabinet de juristes. Elle lui dit que c'était provisoire, le temps qu'elle décide si elle retournerait en Afrique ou non.

Son appartement était spacieux, doté de fenêtres donnant sur le lac Michigan. Sipho fut estomaqué qu'elle ait quitté une vie si confortable pour être avec lui à Mkhumbane. Ça le fit rire beaucoup et longtemps.

À son arrivée, elle organisa un barbecue chez un ami à elle qui avait une maison à Oak Park. Pour s'y rendre, ils empruntèrent le « L », le métro aérien qui quadrille la ville en hauteur, à travers le labyrinthe de gratte-ciel, et passe devant le siège majestueux du *Chicago Tribune*.

Sipho adora Oak Park. Il raconta au groupe d'amis des histoires de Mkhumbane et du *shebeen* de Skwiza, et cette première fois où il y avait emmené Nonceba. Tout en discourant, il prit soudain conscience d'une chose : sa place était à Mkhumbane. Il continua à parler, mais il savait désormais qu'il ne tiendrait pas longtemps à Chicago si Nonceba décidait de rester définitivement aux États-Unis.

Le froid lui gelait les poils du nez et quelque chose en lui perdait l'équilibre. Il n'avait pas l'habitude de marcher sur la glace et il n'arrêtait pas de tomber, se retrouvant chaque fois le cul sur le sol gelé. À tel point que son coccyx commença à l'élancer en permanence.

Il riait et attirait sans cesse l'intérêt d'inconnus. Ces gens étaient différents des *tsotsis* de Mkhumbane. Ils n'attendaient rien de lui. Ils n'avaient pas besoin de son argent et ils se fichaient que sa gloire d'avocat rejaillisse sur eux : ils étaient eux-mêmes avocats. Leurs noms s'accompagnaient de la mention « PhD » et ils avaient entre eux des conversations intellectuelles.

Sipho tenait son rang sans difficulté parmi ces

gens intelligents. Ce qui les fascinait, car ils n'auraient jamais imaginé cela de la part d'un authentique « Aaaaafricain », comme ils disaient en se moquant de son accent. Mais le masque qu'il portait en permanence l'épuisait. Le *shebeen* de Skwiza lui manquait, comme les soirées passées en conversations indolentes à propos du derby de foot de Soweto, le cerveau imbibé de whisky.

Il aimait la vue sur le lac Michigan qui brillait la nuit. Mais les lampadaires au néon l'irritaient car ils ajoutaient une lumière dorée artificielle à la surface de l'eau. Il désirait la lueur argentée de la lune avec laquelle il avait grandi à eMpendle. Le clair de lune embellissait toute chose à ses yeux. Il se sentait connecté spirituellement à l'astre nocturne. Le lac Michigan le réconfortait.

Il ne parvenait pas à trouver du travail, et cela le plongea dans une crise existentielle qu'il n'aurait jamais crue possible. Être un homme entretenu par une femme lui posait un problème. Pour la première fois de sa vie, il éprouvait les mêmes craintes que les femmes obligées de dépendre des hommes. Il comprit peu à peu pourquoi elles étaient prêtes à tout pour les garder. Il pensa à Zola, si différente ; au courage qu'il lui avait fallu pour le quitter. La peur étreignit son cœur comme le vent d'hiver glacial de Chicago. Son rire n'était plus ni profond ni joyeux.

Il se sentait complexé en présence de Nonceba, qui gravissait l'impitoyable échelle hiérarchique de l'entreprise. Elle travaillait toute la journée, deux fois plus dur que quand elle était avec Sipho à Mkhumbane, et elle se montrait impatiente avec lui. Elle n'avait plus aucun temps libre à passer en sa compagnie.

Le froid pesait aussi lourd sur l'humeur de Sipho, et il sombra dans une profonde dépression. Il dormait tout le jour, détestant l'idée de s'éveiller sous un ciel éternellement gris. Il arrêta de se laver, de changer de vêtements, de se brosser les dents. Ce fut le coup de grâce pour leur vie intime. « Je ne sais pas quoi faire, il n'est plus l'homme dont je suis tombée amoureuse. » Nonceba était en larmes, au téléphone avec une amie. « Il n'est plus que l'ombre de lui-même. Il me dégoûte, maintenant. Ça me fait mal de l'admettre, mais cet homme qui me donnait l'impression d'être une reine, aujourd'hui, je redoute de rentrer à la maison le retrouver. »

Sipho était devenu tellement pot de colle et peu sûr de lui qu'il écoutait ses conversations depuis la chambre où il dormait désormais seul. Il pleura en silence en entendant ce qu'il soupçonnait mais qu'il refusait jusque-là de voir.

Le lendemain, il se leva après le départ de Nonceba et se regarda dans le miroir ; le reflet qu'il y vit était le portrait de son frère, Mzokhona, le débris de rivière. Ses cheveux étaient en bataille, ses dents, recouvertes d'une pellicule jaunâtre et sa langue, pelucheuse. Il sanglota sous une douche chaude. L'eau le ressuscita, puis il se frotta vigoureusement et récura l'appartement de Nonceba.

Il attendit qu'elle rentre pour lui annoncer qu'il repartait chez lui. Il voulait vivre à l'endroit où ses pieds étaient plantés dans le sol. Cette ville étrange lui donnait l'impression d'être bancal, comme un enfant qui apprend à marcher. Tel un exilé, il n'arrivait plus à rire. Un poids lui écrasait la poitrine, l'empêchant de respirer. Inspirer l'air lui était douloureux, comme si ses poumons étaient attaqués par la glace. Il voulait retrouver son travail, pratiquer le droit et aider ceux qui vivaient aux marges de la société, à Mkhumbane et dans les bidonvilles environnants.

La soirée était déjà bien avancée quand elle rentra enfin. « Je savais que ce jour viendrait », dit-elle. Il ne sut pas quoi répondre, et elle se mit à pleurer.

Puis, pour la première fois depuis très longtemps, ils se parlèrent comme autrefois. Elle s'excusa de s'être laissé happer de nouveau par son travail. Elle avait réfléchi de son côté et savait qu'il était temps pour elle aussi de repartir en Afrique du Sud. Mais il était évident pour tous deux que leurs chemins devaient se séparer.

« Accorde-moi juste une faveur, demanda-t-elle en essuyant ses larmes. Je vais m'installer dans le village de mon grand-père en arrivant en Afrique du Sud. N'essaie pas de me contacter. C'est moi qui te contacterai quand je serai prête à te voir en tant qu'ami et plus en tant qu'amant. »

Elle avait le sentiment qu'elle n'en avait pas terminé avec ce pays où sa mère s'était donné la mort, où son grand-père avait été assassiné et où elle avait peut-être encore un père bien vivant.

Ils s'endormirent sur la moquette, lovés en cuillère comme les enfants des taudis qui partagent un seul lit.

## Chapitre 12

La maison de Sipho était dans un triste état à son retour à Mkhumbane. Au cours des deux années de son absence, son frère s'était débrouillé pour tout casser. Il y avait un trou dans la télévision, le micro-ondes avait été vendu et l'électricité, qui n'était plus payée, avait été coupée. La moitié de ses serviettes et de son linge, achetés à l'origine par Nonceba, avait été revendue. Les chambres étaient louées aux vagabonds du *township*. Ils utilisaient des poêles à mazout ou du bon vieux bois de chauffage, brûlé en feu de camp, pour faire la cuisine à même le sol. La maison tout entière sentait le pétrole et la fumée de bois. Les murs étaient noirs de suie. Même la salle de bains servait de chambre pour deux enfants sans abri.

Le frère de Sipho portait les stigmates de son abus d'alcool. Il avait l'air nettement plus vieux que son aîné, alors qu'il avait dix ans de moins. Il était difficile de faire la différence entre un sourire et un rictus de mépris lorsqu'il découvrait ses gencives rougies et ses dents verdâtres. Le retour inattendu de Sipho le prit par surprise, et il craignit la réaction de son frère devant l'état des lieux. Sipho fut choqué par ce qu'il vit. Il s'en fut trouver la seule famille qu'il connaissait, Zola et Mvelo, à leur cahute. Elles étaient toujours là, et leur foyer était propre et accueillant.

Mvelo crut rêver quand elle leva les yeux sur la haute silhouette familière qui s'avançait vers elle. Un cri de joie s'échappa de sa poitrine et retentit dans toute la vallée des taudis. « C'est lui ! cria-t-elle. Il est revenu. Ma, Sipho est revenu ! » Elle courut à sa rencontre et s'écrasa contre son large torse. Le rire de Sipho résonna comme une douce musique à ses oreilles. Zola demeura debout, appuyée à la porte, s'efforçant de conserver une expression neutre, mais incapable de contenir son sourire. Elle ne voulait pas montrer trop d'enthousiasme. Le passé qu'ils avaient en commun lui avait appris à rester sur ses gardes, même si son amour pour Sipho était intact.

Nonceba n'était pas avec lui, mais Mvelo décida de se réjouir qu'au moins lui soit de retour. Elle profitait toujours des colis que Nonceba lui envoyait.

Sipho les régala d'anecdotes, les couvrit de cadeaux venus d'Amérique ; le temps fila et en un clin d'œil, ce fut le milieu de la nuit. Toute l'excitation de la journée eut finalement raison de Mvelo qui succomba à un sommeil heureux. Sipho et Zola cédèrent à l'attrait de leurs corps familiers, au nom du bon vieux temps.

C'était un magnifique samedi matin quand Mvelo s'éveilla avec Sipho et Zola sous le même toit. Elle se berça d'un espoir oublié : celui de former peut-être de nouveau une famille unie.

Zola fredonnait en préparant le petit déjeuner, comme toujours quand elle était heureuse. Sipho et Mvelo échangèrent un regard et un sourire. Entendre Zola chantonner comme ça les réjouissait.

Quand ils eurent fini leur porridge, ils partirent tous ensemble chez Sipho. Zola emporta deux seaux, une brosse à récurer, du produit désinfectant et du savon liquide pour l'aider à nettoyer la maison. Son frère avait compris l'avertissement et ordonné à tous ses « locataires » de disparaître, les menaçant de Nonceba. « Vous avez intérêt à déguerpir, la grande sorcière de Mkhumbane est de retour. Trouvez-vous d'autres abris, celui-ci n'est plus disponible. » Invoquer le nom de Nonceba était comme une formule magique. Ils détalèrent plus vite que des cafards à la vue de la lumière.

Certains ne la connaissaient pas en personne, mais les histoires qui circulaient suffirent à leur faire emballer ce qu'ils pouvaient et à déguerpir. Sipho poussa un soupir de soulagement en constatant qu'ils ne résistaient pas à leur expulsion. Son frère lui fit un clin d'œil, ravi de son stratagème. Il n'y eut pas d'excuses formelles échangées entre eux deux. Sipho se saisit d'un tuyau d'arrosage et l'aspergea en le poursuivant et en rigolant. La vie continuait. Mzokhona était la sangsue de Sipho, et ce dernier lui rendait service en vertu d'une incontestable obligation familiale. C'était son frère.

Zola et Mvelo passèrent le week-end à tout nettoyer, à frotter les murs. Les amis de Sipho du *shebeen* se joignirent à elles quand ils entendirent qu'il était rentré seul, sans la sorcière. Son frère, bien entendu, se défila de toute corvée. Il contracta une « grippe débilitante » puis, dès que la maison retrouva sa gloire d'antan, la semaine suivante, il se rétablit miraculeusement en déclarant une soif inextinguible pour « une petite mousse ». Une fois désaltéré, il retrouva assez de forces pour recommencer à tourmenter Zola. « Maintenant que mon frère est rentré, tu te souviens de qui je suis, hein ? Tu refusais même de m'adresser la parole, avant. Ne t'installe pas trop, Nonceba va revenir. » Sipho le fusilla du regard, mais l'autre refusait de se taire.

Quand Zola remballa ses affaires après le grand ménage, s'apprêtant à rentrer chez elle, Sipho s'étonna. Il s'était attendu à ce qu'elles reviennent vivre avec lui. Zola n'avait même pas envisagé l'idée. « Mais… et l'autre nuit ? dit-il. — Quoi, l'autre nuit ? — Eh bien, on ne pourrait pas oublier le passé et se donner une deuxième chance ? » demanda-t-il, désespéré.

Elle éclata de rire et rétorqua : « Je vois que rien n'a changé avec toi. S'il te plaît, ramène-nous chez nous. Je t'ai aidé avec ta maison, reconduis-moi à la mienne. » Elle était guérie des charmes de Sipho. Elle avait été abasourdie quand il était soudain réapparu. En état de choc, elle avait fait des choses qu'elle s'était juré de ne plus jamais faire avec Sipho.

Quelques jours de réflexion en faisant le ménage avaient réactivé sa mémoire et l'avaient ramenée à la raison. Sipho s'en trouva déconcerté. Il ne savait pas au juste à quoi il s'était attendu. Tout ce qu'il savait, c'est qu'il avait besoin de quelqu'un qui lui donne de nouveau l'impression d'être un homme ; quelqu'un qui l'adorerait, comme Zola et Mvelo l'avaient fait autrefois. En vérité, c'était toujours le cas, mais elles avaient aussi leurs propres vies dont il n'était pas le centre. Il découvrit que Zola était encore douce et gentille à l'extérieur, mais de l'acier pur à l'intérieur.

Elle n'avait plus de rancœur contre lui. En fait, c'était tout l'inverse. Elle était heureuse de le voir et le lui faisait savoir, mais elle refusait de lui donner à nouveau une place dans sa vie en tant que soutien ou sauveur. Elle n'avait plus besoin de sa protection. La vie dans les taudis lui avait appris à s'endurcir, à survivre seule et à subvenir aux besoins de sa fille. Sipho n'était plus le dieu qu'il avait été autrefois pour elle.

Ça le rendait fou. Il se sentait perdu et vulnérable. Il voulait que Zola soit son ancre, qu'elle l'aide à redevenir l'homme sûr de lui qu'il avait été avant de devoir dépendre du salaire de quelqu'un d'autre. Il ne pouvait toujours pas promettre à Zola que d'autres femmes ne lui disputeraient pas ses attentions. Mais à ce moment-là, c'était elle qu'il désirait.

Le refus de Zola le poussa dans les bras de nombreuses traînées désespérées de Mkhumbane. Il appelait ça : « guérison par le sexe ». Il avait besoin de réaffirmer sa virilité et de retrouver un équilibre intérieur. À distance, Zola l'observait, déçue. Même Mvelo savait que ce qu'il faisait était mal.

Elle grandissait et en était venue à croire qu'on pouvait attendre certaines choses de la part de quelqu'un qui disait vous aimer. Ça ne lui semblait pas juste de répandre cet amour à tous les vents. En outre, à l'école, on leur parlait de la propagation du VIH, et elle s'inquiétait pour Sipho.

Il retourna travailler dans son ancien cabinet d'avocats et continua de jouer les sauveurs auprès de ceux qui recevaient des avis d'expulsion ; et les *tsotsis* de uMkhumbane furent ravis de le retrouver.

Sa faim insatiable d'affections féminines provoqua plus d'un crêpage de chignons dans les bureaux. Il avait des aventures avec plusieurs secrétaires de l'entreprise, qui ne résistaient pas aux charmes d'un puissant avocat. Ce genre de rendez-vous ne demeure pas secret très longtemps. Certaines de ces jeunes secrétaires naïves s'imaginaient qu'il les aiderait à grimper les échelons dans la compagnie ; d'autres étaient séduites par son charisme. Il buvait plus que d'habitude pour tenter d'oublier Nonceba et le rejet mordant de Zola. Il travaillait la journée, couchait avec les secrétaires quand le besoin s'en faisait sentir et passait ses nuits à boire avec ses amis au *shebeen*.

## Chapitre 13

Sipho souffrait d'une gueule de bois monstrueuse lorsque Joy, sa secrétaire personnelle, se présenta chez lui, l'air complètement droguée. C'était le milieu de la matinée, un samedi, ses grands yeux étaient voilés et ses lèvres sèches, comme si elle n'avait pas mangé depuis des jours. C'est seulement à ce moment-là qu'il remarqua combien de poids elle avait perdu. Un frisson parcourut son corps, tandis qu'elle s'asseyait à côté de lui dans la véranda. Puis elle lâcha une bombe qui le plongea dans l'hébétude.

« Je suis enceinte de toi », soupira-t-elle. Elle ne s'en réjouissait pas. Elle était bien plus jeune que Sipho et avait prévu de faire des études. Elle ne voulait pas être une secrétaire pour le restant de ses jours. Elle se sentait idiote d'avoir succombé au charme de son patron.

Les oreilles de Sipho bourdonnaient. Au fond, il avait toujours su que ce jour viendrait ; il était inconscient dès lors qu'il s'agissait des femmes. Son cerveau affûté semblait rétrécir et tout inverser quand ses parties génitales se gonflaient. À celles, comme Nonceba, qui exigeaient une capote, il cédait. Mais il semblait toujours convaincu qu'il était de la responsabilité de la femme de prendre en charge les mesures de prévention des grossesses et, Dieu nous garde, des maladies.

Devant Joy, accablée, Sipho se sentit coupable. Il savait qu'il était en tort. Il était plus vieux, et elle dans une position de subalterne. Il la serra dans ses bras. « S'il te plaît, ne pleure pas, bébé. Je ne t'abandonnerai pas. Quoi que tu décides, je suis là pour toi. »

Le corps de Joy se raidit. « Qu'est-ce que tu veux dire par “quoi que je décide” ? » Elle se dégagea de son étreinte pour le regarder dans les yeux, pleine de fureur contenue.

Sipho se sentait impuissant. « Je veux dire, que tu veuilles garder l'enfant ou pas, précisa-t-il d'une voix hésitante en indiquant son ventre, plutôt plat pour l'instant.

— Oh, non ! Je n'étais pas seule dans l'histoire. Tu étais là, à grogner tes mots doux, quand tu as planté tes sales petits têtards. Et maintenant, tu veux que je prenne la décision toute seule ! » Elle s'en voulait, car elle savait qu'elle n'était pas la seule femme dans sa vie.

Mais le temps qu'elle découvre la vérité sur les autres, il était trop tard. Elle était déjà accro, amoureuse au-delà de toute raison et incapable de le quitter. Elle l'aimait et le haïssait en même temps. « Je te dis aujourd'hui que je ne me débarrasserai pas de ce bébé, et j'attends de toi que tu viennes chez mes parents pour t'expliquer. » La Joy soumise avait disparu. Sipho resta planté là, abasourdi par cette transformation. Sa tête l'élançait à cause du whisky de la veille. Il se contenta de la hocher, pressé de voir Joy s'en aller pour pouvoir dormir.

Après un mois de tension et de regards assassins de la part de Joy, qui passa un temps considérable à vomir aux toilettes, les choses tournèrent au vinaigre. Elle était allée faire des tests de routine, et sa dernière visite à la clinique apporta de sombres nouvelles. Non seulement elle était enceinte, mais aussi positive au VIH. En entendant ça, elle s'évanouit dans le bureau du psychologue de la clinique. Celui-ci composa le numéro de téléphone qu'avait inscrit Joy sur son formulaire et appela Sipho. « Monsieur, vous devez venir aussi vite que possible. Votre compagne souffre de complications. »

Le cœur de Sipho s'arrêta de battre, il sentit la peur se répandre dans tout son corps. Recevoir un appel de la part de ce genre de clinique fait chanceler même les plus solides. Le trajet jusqu'à l'hôpital Addington se fit sur pilote automatique. Les jambes de Sipho lui paraissaient si lourdes, chaque pas un exploit, comme une scène de ralenti dans un film d'action.

Il ne fumait jamais, mais à cet instant précis, il aurait donné n'importe quoi pour une longue bouffée de cigarette. Il était debout devant la porte de la psychologue, mais ne toqua pas. Il fut pris d'une envie irrésistible de faire demi-tour et de s'enfuir à toutes jambes.

Mais le bureau s'ouvrit avant qu'il en ait l'occasion. Le visage de la psychologue respirait la bonté. Elle le regarda depuis l'embrasure de la porte et lui offrit un petit sourire triste, reconnaissant la peur qui l'étreignait. Cette émotion lui était familière, depuis le temps. Elle était formée à calmer les gens, à faire dévier leur esprit de la mort à la question de savoir comment ils pouvaient combattre la maladie qui courait dans leur sang.

Joy dormait paisiblement par terre dans le bureau, on lui avait retiré ses chaussures. À présent, une petite bosse se voyait sur son ventre, mais en dehors de cela, elle était toujours aussi menue. « Joy est venue pour des analyses. J'ai dû vous appeler parce que je vois que vous êtes le père de l'enfant qu'elle porte. Elle va avoir besoin de vous pour rentrer chez elle. Pour l'instant, elle se repose. Donnons-lui encore un moment, puis vous pourrez la ramener à la maison.

— Quelles analyses ? Quels sont les résultats ? Pourquoi elle s'est évanouie ? » Sipho posa toutes ces questions sans donner le temps à la psychologue de répondre.

« Eh bien, c'est à Joy de vous expliquer, quand elle se réveillera. »

Comme si elle avait entendu, Joy revint à elle dans un sursaut, la confusion peinte sur ses traits. Lorsque ses yeux enregistrèrent la présence de Sipho, elle se jeta sur lui, le frappa au visage, lui hurla dessus. « Tu es un poison, tu m'as tuée ! Je me meurs d'une maladie dont je n'aurais jamais pensé qu'elle m'atteindrait ! » Elle crachait son venin comme un cobra qu'on a dérangé. « Je croyais que tu étais un homme sain, décent, mais tu courais les putes dans toute la ville. Et voilà où on en est. N'essaie même pas de nier, je sais que c'était toi. J'allais très bien avant que tu débarques dans ma vie. »

Puis elle s'effondra sur une chaise et sanglota encore. Ses cheveux étaient en bataille. On aurait dit une folle. La psychologue lui tendit un sac en papier pour qu'elle respire dedans et se calme.

Sipho restait assis là, le visage endolori par les coups de poing. *Rends-toi*, répétait la voix dans sa tête. Il lui fallait accepter la défaite devant la nouvelle. Il demanda calmement à la psychologue s'il pouvait lui aussi passer le test. Il savait que ce n'était qu'une formalité, car chaque fibre de son être sentait qu'il devait sûrement être atteint. Il n'avait pas assez de ses dix doigts et de ses dix orteils pour compter toutes les femmes avec qui il avait couché. Enfin, il ramena une Joy épuisée chez lui.

Après toute sa fureur, elle se ferma complètement et sombra dans un sommeil agité.

Pour Sipho, ce fut la nuit la plus longue de sa vie, passée à attendre le jour et les résultats de son test. Des visions des nombreuses femmes qu'il avait eues traversaient son esprit, mais c'était celle de Zola qui nouait sa gorge.

Au matin, son oreiller était trempé par les larmes salées de ses remords.

Pendant son entretien avec la psychologue, il entendait les mots prononcés par l'infirmière bienveillante devant lui, mais il avait l'impression d'être sous l'eau. Même s'il s'attendait à un résultat positif, la confirmation de ses craintes le fit sangloter pour toutes les vies qu'il avait réussi à détruire.

## Chapitre 14

Lorsque Sipho vint leur rendre visite, Mvelo se montra heureuse de le voir, comme d'habitude. Mais elle fut surprise quand, au lieu de la laisser le raccompagner, il demanda à Zola de faire quelques pas avec lui jusqu'à sa voiture.

Un nuage noir plana sur leur cahute à partir de ce jour-là. Le silence de Zola se fit de nouveau intense. Elle se rendait régulièrement à la clinique et ses requêtes pour aller à l'église se firent plus pressantes. Mvelo et elle devinrent des fidèles exemplaires.

Un jour, elle fit asseoir Mvelo et lui rappela cette journée où Sipho était revenu d'Amérique. Alors que des larmes brûlantes jaillissaient de ses yeux, elle avoua qu'elle s'était exposée au VIH cette nuit-là. Elle n'avait jamais été du genre à parler ouvertement de sexe avec Mvelo, mais cette fois, elle lui dit qu'elle n'avait pas utilisé de préservatif avec Sipho à son retour. Depuis le jour où elle avait rompu avec lui, elle n'avait fréquenté aucun autre homme.

Mvelo sentit une lourde pierre lui tomber sur le

cœur. Elle détestait Sipho parce qu'il faisait de nouveau pleurer Zola. Il lui semblait que le destin de sa mère tournait comme une planète autour de Sipho. Il lui fallut du temps avant de pouvoir à nouveau le regarder en face.

Zola affichait les symptômes classiques de ceux qui sont confrontés à des questions de vie ou de mort. Elle dit à Mvelo qu'elle ferait mieux de se dépêcher de ravaler sa haine, car la vie la laisserait sur le bas-côté. C'était la peur de la maladie qui mettait Mvelo en colère. Elle haïssait Sipho parce qu'il avait contaminé sa mère et rompu avec Nonceba. Elle haïssait Joy parce qu'elle avait besoin d'un bouc émissaire ; elle voulait la rendre responsable du malheur qui s'était abattu sur leurs vies.

Le jour où Zola lui parla de son statut VIH, Mvelo fit une longue promenade à travers le labyrinthe des taudis, sans but, essayant simplement de fuir ses propres larmes. Un morceau saillant et acéré de tôle ondulée lui entailla la jambe et elle se mit à saigner. Mais au lieu de la douleur, elle éprouva une sensation chaude et calmante, et la vue du sang lui donna toutes sortes d'idées sur la façon de guérir Zola. À la lumière de la lune, elle observa le sang qui se ruait hors de son corps et ressentit une libération de la pression qui s'était accumulée en elle. Elle regardait son sang pur et se dit que c'était possible. Un docteur intelligent pourrait drainer le sang infecté de Zola et lui injecter celui de Mvelo.

À présent, certaines nuits, après avoir écouté Zola s'endormir en pleurant doucement, Mvelo se réveillait et se coupait avec un rasoir, pour voir le sang et ressentir ce calme à nouveau.

Deux mois après avoir reçu la nouvelle, Joy avala du détergent et fut retrouvée en position fœtale dans les toilettes du bureau. Sa lettre de suicide disait simplement : « Les loups déguisés en agneaux qui prétendent être amoureux… Vous en gagnez peut-être certaines, mais vous venez d'en perdre une. »

Cette page inachevée commença à ronger Sipho avec fureur. Son état se détériora rapidement après la mort de Joy. Ses jambes refusaient de le porter. Il perdit beaucoup de poids, sa grande carcasse prenant alors un aspect de faiblesse épouvantable. Zola et un groupe d'aides à domicile bénévoles lui rendirent visite chez lui, où il restait reclus à s'apitoyer sur son sort. Elles nettoyèrent la maison ensemble, mais Zola insista pour préserver la dignité de Sipho en étant la seule à le changer et à lui faire sa toilette à l'éponge.

Mvelo se ferma complètement, elle voulait l'effacer de sa mémoire. En colère contre Zola, elle lui interdit de parler de lui devant elle.

Les rumeurs allaient bon train. Les gens chuchotaient. C'est à ce moment-là que Mvelo rêva de lui en train de pleurer et de se noyer. Dans son rêve, elle essayait désespérément de le tirer de l'eau, mais il lâcha sa main. « Si tu as jamais cru quoi que ce soit en ce qui me concerne, crois en ceci : je t'aime », dit-il, et il se laissa aller en souriant. Elle se réveilla, tremblante et trempée de sueur. Elle devait le voir au moins une dernière fois, car elle savait qu'au fond de sa rage elle l'aimait encore comme le seul père qu'elle eût jamais connu. Quand elle parla du rêve à Zola, celle-ci la fit asseoir et lui dit : « Je sais que tu penses que je suis idiote de faire ce que je fais, mais je te dis que si je garde une rancœur à l'encontre de celui qui m'a fait du tort, je mourrai rapidement en te laissant seule au monde. Et je ne suis pas prête pour cela. Quant au fait que tu portes en toi tant de haine alors que tu es si jeune, j'ai peur que ce soit un poids trop lourd et que tu passes à côté de la vie.

« Ce n'est pas pour Sipho que je fais ce que je fais, c'est pour moi. C'est pour rester en bonne santé et en vie, grâce à un but. En plus, on l'a toutes les deux aimé, autrefois ; cet amour ne meurt pas comme ça. Je crois qu'il est recroquevillé tout au fond de ta petite poitrine. Voilà pourquoi maintenant tu rêves de ces choses. »

En écoutant Zola parler, Mvelo comprit que sa mère avait réellement changé sa façon de voir la vie. Elle semblait plus calme et plus sage.

Mvelo rendit visite à Sipho après l'avoir évité pendant des mois, et le choc lui coupa le souffle. Il n'était plus que l'ombre de lui-même. Ses yeux s'emplirent de larmes quand il la vit, toute adulte et si grande, comme une autre version de Zola. Ils n'échangèrent pas un mot. Mvelo s'assit à côté de son lit et ils se contentèrent de se regarder. Ils se parlèrent avec les yeux et s'absorbèrent l'un l'autre. À cet instant, Mvelo repoussa la pierre qui lui pesait sur le cœur, laissant la douleur et la rage la nettoyer de l'intérieur, lui permettant de ressentir à nouveau.

Sipho s'affaiblit physiquement, mais il avait

toujours l'esprit vif. Dans les bons jours, il arrivait encore à les faire rire.

Il donna la maison à son frère, le débris de rivière. Si Mzokhona avait un endroit où s'installer, peut-être qu'il changerait, espérait Sipho. Son cabinet fut vendu pour presque rien à ses associés. Comme il n'était pas marié, ses affaires furent réglées par sa mère, avec l'aide de ses amis avocats. Il dit oui à tout, mais refusa avec entêtement l'offre de sa mère de revenir à la maison à eMpendle. Au lieu de quoi, il choisit l'hospice de l'hôpital Addington.

Pendant son séjour là-bas, il faisait rire les infirmières et offrait aux autres patients des moments de détente grâce à ses blagues. Certains jours étaient meilleurs, d'autres, insupportables. Il plongeait régulièrement dans la mélancolie, surtout quand on abordait le sujet de Nonceba ou Zola. Peut-être fut-ce la culpabilité qui le ravagea plus que la maladie elle-même.

L'hospice fut sa dernière demeure. Il n'eut jamais l'occasion de faire face à Nonceba. Un jour, ils étaient tous en train de rire, il racontait une blague à Zola et l'intensité de son rire grimpa d'un cran, puis son cœur lâcha. Il mourut en riant.

# Chapitre 15

Les blagues de Sipho, une célébration de la vie, parvenaient à adoucir même les cœurs les plus endurcis. Il avait été un phare brillant au milieu de la maladie et la mort qui régnaient à l'hospice. Le personnel l'avait surnommé Patch Adams, même s'il n'était pas médecin, car il semblait vouloir guérir par le rire.

Quand Zola comprit qu'il était mort, elle alla lentement à la fenêtre. Elle voulait voir si quelque chose avait changé dehors, si le monde portait son deuil. Mais les nuages gris lui rendirent son regard, indifférents. L'océan taquinait encore les touristes, tandis que les bateleurs aboyaient le prix de leurs bibelots. Les demoiselles de la nuit, qui exerçaient maintenant en plein jour, tiraient sur leurs cigarettes et aguichaient les passants, comme elles l'avaient toujours fait. Les dealers de drogue échangeaient du cannabis Durban Poison contre de l'argent, avec des citoyens en costume propres sur eux mais pleins de frustration. L'aveugle à la voix d'ange était toujours assis au coin de la rue à chanter « Summertime », sauf que la vie n'était pas facile.

Zola se mit à fulminer contre Dieu et les ancêtres. Puis elle prononça une supplication altruiste pour Sipho, récitant à Dieu et aux ancêtres une liste des choses qu'il aimait, en commençant par la lune. « Il adorait la lune, dit-elle. Accueillez-le avec la lune. Et il aimait les femmes, ô ancêtres, assurez-vous qu'elles soient nombreuses pour lui souhaiter la bienvenue. Puis les enfants. Qu'il y ait le son du rire des enfants ; ça le rendra heureux. Oh, et aussi la musique. Pas le genre à vous faire pleurer, mais les tambours et les voix crues de demoiselles africaines. Envoyez-les avec Mfaz' Omnyama*, la légende maskandi, qui gratte sa guitare. »

Zola avait toujours su qu'elle aimait Sipho, malgré toutes les épreuves et la peine qu'il lui avait causées. Elle ne supportait pas ses autres femmes, mais ce jour-là elle renonça à lui librement et sans égoïsme.

Mvelo s'effondra et pleura ; elle était soulagée. Enfin, le jour était venu de lui pardonner.

Sa vieille sorcière de mère fut mortifiée quand elle prit connaissance de ses dernières volontés, qu'il avait exposées à Zola. C'était du Sipho tout craché, un plaisantin jusqu'au bout. Il avait demandé à ce que toutes les femmes présentes à ses funérailles retirent leurs sous-vêtements pour les placer sur son cercueil. Évidemment, en aucun cas sa mère n'était prête à annoncer cela, mais ça fit bien rire Zola. Et la requête de Sipho, et la réaction de sa mère. Zola s'était souvent demandé comment il était possible que Sipho fût issu de cette vieille bique pincée.

Sa mère était résolue à ce que Zola ne voie même

pas la couleur de l'argent qu'il voulait lui laisser. La vieille femme n'allait tout de même pas lui dire qu'il l'avait suppliée pour que son argent et la maison reviennent à Zola et à Mvelo, et qu'elle avait refusé d'en entendre parler. « Quand les poules auront des dents », se dit-elle à elle-même. Elle était furieuse que son fils ait choisi, plutôt qu'elle, cette jeune femme de la ville, même pas mariée, pour hériter de son argent. Ses mots furent comme une lance plongée dans son cœur. Ça lui rappelait le père de Sipho, qui s'était fait avaler par Ndongazibovu[1], les murs rouges de Johannesburg, et ses jeunes filles aux courbes qu'elle ne possédait pas.

Quand ils se réunirent tous dans le hall pour lui dire adieu, les hommes se montrèrent perplexes. « *uSipho ubeyisoka lamanyala*[2] », il savait y faire avec les filles. Comment un seul homme peut-il être aimé par autant de femmes ?

« *Eish*, mon frère, je veux dire, toutes ses femmes d'hier sont ici », fit remarquer son alcoolique de frère à haute voix, suscitant des rires parmi les hommes à la mine sombre. « Qu'est-ce qu'il avait donc que nous n'avons pas ? » Ils se grattaient la tête, sachant très bien que leurs « hiers » ne leur adresseraient jamais la parole, même vivants, sans parler d'assister à leur enterrement. Certains demeuraient sidérés. D'autres bavaient ouvertement à la vue des « hiers » de Sipho, de ses aujourd'hui et de ses lendemains : grandes et petites, jeunes et

1. Ndongazibovu : « les murs rouges », nom donné par les vieux Noirs à Johannesburg.

2. « Sipho était un mauvais petit ami. »

vieilles, grosses et minces, elles étaient toutes belles dans leur tristesse collective.

Le soleil brillait et le ciel était pur, du plus pur des bleus. Il était serein et clair comme l'esprit de Sipho à la fin de sa vie. Après la bénédiction du corps, le ciel s'effondra sur eux. Il se mit à pleuvoir à verse, de grosses gouttes rafraîchissantes. La terre et les femmes les absorbèrent. Du sol s'élevait une odeur délicieuse. Les femmes se tenaient debout sous la pluie, étendant leurs bras pour recevoir son baiser. Elles firent valser leurs talons hauts, riant et pleurant pieds nus pendant que les hommes le descendaient dans sa dernière demeure, la terre avide.

Mvelo prononça une prière ardente, dans l'espoir qu'elle épargnerait sa mère, cette terre insatiable qui avale tout sans même mâcher et se gave comme un goinfre.

Et puis, exactement comme l'aurait souhaité Sipho, tel le hurlement d'un vieux vinyle rayé par l'aiguille, une cacophonie de sirènes interrompit la musique triste qui avait accompagné le cercueil jusqu'à la terre et perturba la cérémonie. Les motos de quatre policiers de la route escortaient une Mercedes noire distinguée qui vint s'arrêter dans le parking. La musique se tut, tout le monde se retourna pour regarder, et la mère de Sipho laissa échapper un cri de surprise tandis qu'une femme d'environ son âge mais plus grande, mieux habillée et plus en forme descendait de la voiture. Elle portait une robe rouge vif et un chapeau piqué d'une longue plume noire et brillante d'un oiseau exotique ; de luxueuses perles ornaient ses oreilles et son cou.

Un chauffeur tout en noir se tenait au garde-àvous près de la voiture. D'un geste de la main, la femme congédia les policiers à moto qui lui avaient ouvert un chemin dans la circulation. Ils touchèrent leur casquette, hochèrent la tête et s'en allèrent. Puis elle flotta vers le reste de l'assemblée, la poitrine bombée, le dos droit, les épaules solides et chaque pas précis. On aurait dit qu'elle avait été danseuse classique dans sa jeunesse.

La foule garda le silence tandis qu'elle approchait. Elle alla droit vers la mère de Sipho et demanda : « Harriet, à quoi donc joues-tu ? Comment peux-tu enterrer Danny sans me le dire ? Après tout ce que j'ai fait pour toi, tu décides de m'exclure, tout simplement ? » Sa colère était telle qu'elle en tremblait. Elle parlait un isiZulu parfait, et un murmure d'étonnement parcourut l'assistance.

Ce qui se passa ensuite fut un choc pour tout le monde. MaMdletshe s'avança et se carra devant elle. « Son nom est Sipho, pas Danny, Julia, et je ne te dois strictement rien. Mais avant que tu m'accuses d'être une ingrate, tu apprendras que je suis venue chez toi pour t'informer, et que tes gardes m'ont chassée. »

C'était Julia, qui avait employé la mère de Sipho pendant quinze ans ; une rivalité amère pour l'affection du jeune homme avait opposé les deux femmes durant des années. Julia parlait au garçon en anglais, excluant ainsi sa mère de leurs conversations, mais aujourd'hui que maMdletshe jouait à domicile, rien n'aurait pu l'empêcher de dire ce qu'elle avait à dire. « Tu as essayé de me voler mon fils en le dressant contre moi, toujours à lui farcir la tête de tes excentricités, mais tu as échoué, Julia. Tu as échoué, et Sipho, mon fils, a repris son nom et m'est revenu. »

Julia avait éduqué Sipho sur le plan académique, payant pour ses études à l'université, ce qui lui donnait, à ses yeux, un droit sur sa mémoire. « J'ai vu qu'il avait du talent, et tout ce que je voulais faire, c'était aider ce garçon à réaliser ses rêves. L'école du village lui a enseigné les rudiments, Harriet, mais après son année de matric[1], il fallait bien que quelqu'un l'aide. C'est toi qui es partie fâchée. C'est moi qui ai insisté pour qu'il te rende visite. Qu'est-ce que tu attends de moi ?

— Tu sais que tu m'as presque fait perdre la raison quand tu as essayé de l'emmener à l'étranger avec toi ? Pourquoi voulais-tu me voler mon enfant ? rétorqua maMdletshe.

— Mais ce n'était pas le cas ! J'ai payé ses frais d'université et je suis partie parce que je ne supportais plus ce pays et toutes ses conneries ! » cracha Julia.

C'était au tour de la mère de Sipho de ricaner. « Mais tu es revenue, n'est-ce pas ? On n'est nulle part mieux que chez soi, Julia. On t'a manqué, là-bas où il n'y a pas de soleil pendant des mois, ni de servantes pour nettoyer tes toilettes ? Tu as dû être bien malheureuse. »

Julia poussa un soupir exaspéré, se détourna avec panache et, d'un geste de la main, ordonna aux hommes de ressortir le cercueil. Ils obéirent aussitôt, comme ils en avaient l'habitude avec les « Madame ».

1. Nom d'usage donné en Afrique du Sud à la dernière année de lycée, ainsi qu'aux examens qui en marquent la fin.

« Danny était un esprit libre, Harriet, il n'appartenait à personne », dit Julia avant de fondre en larmes.

La mère de Sipho s'adoucit, prit la main de Julia et la guida vers le cercueil, devant lequel elles se recueillirent en silence quelques instants.

Puis la musique commença. Mais pas une mélodie triste de funérailles ; c'étaient les voix des jeunes femmes que Sipho aimait tant.

Les endeuillés d'autres obsèques, des Zionistes qui enterraient quelqu'un dans la tombe voisine, avaient apporté des tambours. Quand ils entendirent chanter les femmes, ils se joignirent à elles et battirent du tambour, tandis qu'un taxi passait non loin, balançant à plein volume un morceau de Mfaz' Omnyama ; et les amis de Sipho se mirent à applaudir, à chanter et à danser.

Mvelo regarda sa mère et lut de la satisfaction sur son visage ; la prière de Zola était exaucée : les funérailles de son Sipho tournaient à la célébration festive. Puis Mvelo regarda la vieille femme blanche qui s'était dressée contre la mère de Sipho et décida qu'elle lui plaisait. Cette dame Julia était gâtée et attendait du monde qu'il soit à son service, mais il lui avait fallu du courage pour venir ici ce jour-là.

Ce que personne ne connaissait, c'était la vraie nature du lien qui l'avait unie à Sipho. C'était elle qui l'avait initié au fruit défendu. Elle l'avait surpris sous la douche, un jour, et ce qui avait suivi l'avait transformé en cet homme sûr de lui qui avait dédié sa vie à faire se pâmer les femmes.

Lorsque sa mère avait décidé d'arrêter de travailler pour Julia, il lui avait désobéi pour la première fois, refusant de rentrer à la maison avec elle. Elle en avait eu le cœur brisé, et ç'avait été dur pour Sipho aussi, mais il désirait les luxes attachés à la vie dans une grande ville. L'idée de retourner dans les zones rurales était au-dessus de ses forces. Il s'était rebiffé, promettant de rendre visite à sa mère régulièrement.

À présent, alors que l'assistance s'apprêtait à retourner à l'hospice pour continuer de se remémorer la vie de Sipho avec ceux qui étaient trop malades pour pouvoir se déplacer, Julia sortit définitivement de sa vie. Les phares brillants de sa Mercedes s'estompèrent tandis qu'on la reconduisait à sa villa de Kloof.

Cette nuit-là, Mvelo écouta sa mère évoquer ses souvenirs de Sipho avec Dora, leur voisine, devant leur cahute, après l'enterrement. Zola aimait s'asseoir dehors à la lumière de la lune, les soirs d'été. Elle sortit de leur emballage d'aluminium les muffins qu'elles avaient rapportés des obsèques pour leur dîner et en donna un à Dora. Elle n'en prit pas pour elle-même. C'était comme ça qu'elles économisaient pour le repas suivant : en sautant le dîner ou le déjeuner quand elles n'avaient pas trop faim. Elle appela Mvelo pour qu'elle emporte le reste à l'intérieur. « C'est l'heure de se coucher, Mvelo. Tu devrais aller dormir. Je reste ici avec Dora. »

Mvelo entendit sa mère dire à Dora que malgré toutes les femmes présentes à ses obsèques, Sipho n'avait rien d'un saint mythique. « Un tombeur de ces dames, ça oui, il les faisait tomber, les petites culottes ; mais un saint ? Certainement pas, glousat-elle tristement. J'ai aimé Sipho depuis mon adolescence, mais je suis une femme adulte maintenant, et j'ai eu beau l'idolâtrer à l'époque, à l'instar de ses autres femmes, c'était un homme faillible plein de défauts, dont certains ont eu des conséquences fatales. Son charme a laissé plus d'une femme oscillant sur la ligne mince qui sépare l'amour et la haine. C'est ainsi, n'est-ce pas ? Ceux que l'on aime le plus ont le pouvoir de nous faire le plus de mal.

« Il avait le don de comprendre les femmes et d'endosser le rôle dont il pensait qu'il conviendrait à chacune. Il fut soutien de famille et protecteur pour moi, pour ma fille il fut comme un père, et avec Nonceba, il était follement amoureux et très vulnérable. Il avait un besoin insatiable d'être aimé. Comme toutes ses femmes, j'étais loin d'être immunisée. Je lui étais dévouée, mais je n'étais pas aveugle pour autant. Je percevais sa tristesse. Tout cet amour à sa disposition, et personne pour le connaître réellement. Il avait coutume de dire qu'avec chaque nouvelle femme il se sentait redevenir vierge, car il faisait la connaissance de nouvelles courbes, de parfums et de mouvements inédits. »

Zola et Dora riaient doucement comme deux jeunes filles qui s'échangent des secrets.

« Il n'était pas si beau. C'était sa présence qui perdait et désarmait les femmes. » Zola sembla lutter pour trouver les mots qui expliqueraient son amant. « Quand ses amis le lui demandaient, il disait toujours : "La femme qui a fait de moi un homme n'était pas une jeune fille rougissante et maladroite. C'était moi, le garçon maladroit, et elle était sophistiquée, comme un vin millésimé."

Ses yeux brillaient tandis que les gars restaient suspendus à ses lèvres. Puis il buvait une gorgée de son whisky. “Les femmes sont des créatures mystérieuses, disait-il, dotées de subtilités qu'il faut étudier de près. Ma première m'a appris comment traiter une femme pour qu'elle devienne comme du beurre entre mes mains tièdes. Je ne les fais pas hurler, avec moi elles feulent tels de magnifiques et puissants félins de la jungle. Certaines pleurent toutes les larmes de leur corps et se mettent à parler en langues, car ça devient une expérience religieuse pour elles.” Puis il rugissait de rire comme un chat qui a mangé toute la crème. »

Cette discussion sur le sexe horrifia Mvelo. C'était un côté de sa mère dont elle ne savait rien. Elle se sentait coupable d'épier la conversation, mais demeura clouée sur place. À travers une fente de la porte, elle pouvait voir Zola. Celle-ci gardait la tête baissée en parlant à Dora, qui n'offrait que peu de commentaires mais se contentait de sourire et d'opiner, comme pour signifier : « Oui, je vois ce que tu veux dire. » Mvelo était heureuse que sa mère ait un adulte à qui parler. Dora était l'image même de la compassion.

Mvelo regarda sa mère lisser sa jupe noire de ses deux mains. Après un long silence pensif, elle dit : « Tu sais, être tout simplement lui-même terrifiait Sipho. Il n'a jamais cru qu'aucune de ses femmes puisse l'aimer malgré ses défauts. C'est seulement sur son lit de mort qu'il a essayé de tomber le masque, et encore, uniquement devant ma fille et moi. » Mvelo n'avait jamais entendu sa mère se confier de façon aussi intime à quiconque.

Puis Zola raconta à Dora comment Sipho lui avait demandé de l'achever si jamais il en venait à perdre sa lucidité.

Quelques jours avant sa mort, il lui avait attrapé le bras, s'y était agrippé. Sa force l'avait surprise. « Quand je commencerai à me chier dessus, quand je serai incapable de parler ou de te reconnaître, il faudra que tu fasses quelque chose pour moi. Laisse-moi trouver le repos, laisse-moi partir. Sers-toi d'un oreiller, d'un couteau, tout ce qui pourra mettre un terme à mes souffrances. Je t'ai fait beaucoup de mal. Je ne mérite pas ta bonté. Mais si tu m'as aimé un jour, je te le demande : ne me laisse pas vivre une minute de plus quand je serai devenu un mort vivant », murmura-t-il en plongeant son regard dans celui de Zola, les yeux fiévreux et pleins de détermination, priant pour qu'elle dise oui.

Choquée, Zola eut un mouvement de recul, chaque fibre de son être rejetant cette malédiction des dernières volontés d'un mourant. Mais les yeux dans ses yeux, elle sut qu'elle devait mentir et dire oui. Sa réponse amena un sourire sur le visage de Sipho. « Je te reconnais bien là », dit-il en serrant sa main. Elle lui rendit son sourire à travers ses larmes, et ce fut scellé. Elle resta assise là, se sentant de nouveau proche de lui, comme autrefois. Il avait l'air libre et soulagé. Par la suite, il sembla aller mieux et l'espoir ressuscita. Mais la vie a des manières cruelles, comme lorsqu'on caresse un poulet avant de lui tordre le cou.

Zola dit que sa mort lui avait fait l'effet d'être déchirée par les balles d'un peloton d'exécution.

« Je crois que j'ai perdu l'esprit pendant un moment, comme si on m'arrachait le cœur. » Les larmes ne lui vinrent pas en cet instant, mais l'oreille de Dora, pleine d'empathie, entendait ses pleurs intérieurs.

## Chapitre 16

Après que Johan eut sombré de plus en plus loin dans la dépression, après qu'il eut fait une overdose de médicaments quasi fatale, Petra le prit par surprise un jour en annonçant à sa façon pragmatique qu'elle allait lancer des recherches pour retrouver sa fille. « Il faut qu'on la trouve, dit-elle. Je vois bien que ça te tue, et je ne veux pas te perdre. » Johan tomba amoureux de sa femme ce jour-là, après des années d'un mariage vide, et tous deux devinrent une équipe, unis dans leur quête pour sa fille.

Cela faisait quelques années désormais qu'ils cherchaient Nonceba, mais en vain. Tout ce qu'il savait, c'était que Zimkitha avait un nom de famille qui signifiait « brousse » ou « forêt » en anglais. Il savait aussi qu'elle venait de la côte ; mais de quelle côte, est ou ouest, ça il l'ignorait.

Suivant une intuition, ils déménagèrent à Durban, en partie dans l'espoir de trouver une piste qui les mènerait à Nonceba, en partie pour apporter leur aide dans la lutte contre le fléau du VIH qui ravageait la région de KwaZulu-Natal. Ils s'installèrent dans une modeste maison du quartier de Manor Gardens et travaillèrent auprès de jeunes qu'ils encourageaient à adopter un style de vie responsable. Contrairement à celles de leurs voisins, leur maison n'était pas protégée par une clôture, abandonnée à son sort en cas de visite des *tsotsis*.

En sortant de sa ténébreuse dépression, Johan était devenu un autre homme. Ce qu'il craignait le plus au monde – être rejeté par sa famille – avait déjà eu lieu, et il y avait survécu. En fait, il s'en trouvait libéré. Il n'était plus contraint par les enseignements inflexibles de son père, ne recherchait plus son approbation. Il se sentait libre, doté d'une nouvelle raison d'être, et ainsi, Petra et lui mirent toute leur énergie à construire une nouvelle Afrique du Sud.

Même s'ils ne cherchaient plus activement la jeune femme dont ils ne connaissaient pas le nom, ils espéraient encore tous deux que le destin les réunirait.

Le désir d'enfant de Petra, un enfant à elle, demeurait une blessure lancinante qui ne guérirait jamais. Pendant un moment, ça l'avait déprimée, surtout quand la nature avait décidé de mettre un terme à son réconfort mensuel comme quoi c'était encore possible. Le caractère définitif de ce changement avait anéanti tout espoir en elle et lui avait brisé le cœur. Leurs projets d'adoption restèrent à l'état de discussions. Ils ne virent jamais le jour, car tous deux étaient très occupés. Johan, en revanche, caressait encore le rêve de rencontrer un jour la chair de sa chair. Il dévisageait les femmes dans la trentaine, espérant voir les yeux farouches de Zimkitha lui rendre son regard.

Petra se consacra corps et âme à aider de jeunes filles qui avaient de plus gros problèmes que les siens, se distrayant ainsi de sa propre douleur. La Bible était toujours pour elle une source de réconfort.

Ils passaient le plus clair de leur temps dans les taudis voisins, visitant à domicile ceux qui étaient trop malades pour se rendre à l'hôpital. Ils découvrirent la dignité et la débrouillardise des habitants du bidonville. Autant les cahutes étaient laides de l'extérieur, autant les intérieurs témoignaient de talents tout à fait incroyables pour l'innovation et la survie. Les murs étaient recouverts de magnifiques papiers peints découpés dans des magazines et du papier cadeau. Presque toutes les cahutes étaient équipées de téléviseurs, certains fonctionnant grâce à des batteries de voiture. Les taudis installés à proximité des zones résidentielles étaient souvent raccordés illégalement au réseau électrique de la ville.

Petra s'émerveillait chaque fois de voir les habitants faire des projets et vivre leur vie pleinement. Le week-end, les postes de radio étaient poussés à plein volume, et les gens dansaient, se déhanchant au rythme de la musique. Si l'un d'entre eux se résignait à mourir, la communauté se rassemblait et offrait l'aide qu'elle pouvait pour enterrer l'un des siens dans la dignité.

Mais certaines choses lui paraissaient insensées. Les bagarres qui éclataient lors des beuveries, les cas incessants d'enfants qui perdaient leur innocence à la suite de viols brutaux, et le nombre croissant de ceux qui se retrouvaient abandonnés à eux-mêmes.

Petra et Johan revenaient de leurs visites épuisés, silencieux durant le trajet du retour, chacun plongé dans ses pensées. Parfois, ils éprouvaient un sentiment d'impuissance face au chaos de ces vies humaines confrontées chaque jour à la survie quotidienne ; d'autres fois, ils étaient pleins d'espoir, ayant vu un patient se relever de son lit de mort. C'étaient des montagnes russes émotionnelles. Petra se concentrait sur la levée de fonds auprès d'ONG internationales ou d'Églises. Quand Johan ne faisait pas la tournée des bidonvilles, il étudiait les dernières avancées de la recherche sur le VIH. Il formait de jeunes bénévoles aux soins à domicile et traitait divers maux, de l'aphte bénin à la tuberculose.

Petra écrivait des lettres très personnelles et d'une fervente sincérité aux donateurs. C'était cette approche qui permettait de financer entièrement leur travail. Elle aimait bien se servir de l'histoire des millions d'étoiles de mer recrachées par les flots, que l'on sauvait une par une. Elle expliquait être bien consciente qu'il était impossible de les sauver toutes, mais que celles que l'on parvenait à remettre à l'eau lui donnaient la force de se lever le jour suivant pour recommencer. Pour elle, changer la vie même d'une seule personne était une motivation suffisante. Les jours mauvais, Johan sentait que la source de sa force lui venait de cette femme extraordinaire.

C'est à la fin d'une de ces journées longues et difficiles qu'ils arrivèrent chez eux pour y trouver une nouveau-née hurlant sur le seuil de leur maison, enveloppée dans une couverture. Ils se regardèrent, incrédules et sous le choc. Petra souleva le nourrisson qui s'égosillait et le berça contre son cœur. Johan resta planté devant la porte, essayant de réfléchir à la suite. Le bébé se calma, et Petra devint bientôt aussi silencieuse que la petite.

« "Tu auras un enfant", dit-elle à voix basse.

— Quoi ? fit Johan.

— "Et le Seigneur dit, tu auras un enfant." Rappelle-toi l'histoire d'Abraham et de Sarah : ils étaient vieux et avancés en âge. Le Seigneur leur apparut et dit…

— Oh non, non, non, Petra, on ne peut pas. On est trop vieux et trop occupés pour élever un enfant. S'il te plaît, demain on ira voir la police. On ne sait même pas si cette fillette est malade ou Dieu sait quoi. » Johan paniquait à la vue de l'expression qu'affichait sa femme. « Si ça se trouve, la mère était saoule et elle reviendra demain, sobre », dit-il. Mais il reconnut dans les yeux de Petra une détermination sans faille. Elle ne se rendrait pas sans combattre.

Ils se servirent du lait infantile en poudre qu'ils gardaient pour les jeunes mères séropositives qui ne pouvaient allaiter. Le nourrisson téta avec l'énergie d'un jeune veau assoiffé puis s'endormit, satisfait. Tous les instincts maternels latents de Petra se réveillèrent brusquement. Elle était complètement, entièrement absorbée par ce nouveau miracle de la vie qu'ils avaient trouvé. Elle n'entendait plus les protestations de Johan. Dans son exaltation, elle refusait même d'aller voir la police. Si ça n'avait tenu qu'à elle, elle aurait gardé le bébé sans s'encombrer de toute la paperasse administrative.

Johan parvint à l'apaiser et à la raisonner en faisant valoir qu'ils pourraient adopter la petite seulement après avoir rapporté l'affaire à la police et déposé une demande de tutelle légale, si d'aventure personne ne venait réclamer l'enfant d'ici là. Il ne pensait pas que les services sociaux les laisseraient la garder.

Le lendemain, la police vint chez eux prendre leur déposition. Avec autorité, ils déclarèrent que, légalement, le bébé devait être remis à l'assistance sociale « en attendant qu'ils tirent tout ça au clair ». Tout le monde savait qu'il faudrait une éternité avant que quoi que ce soit ne fût tiré au clair.

La voix de Petra vacillait comme si elle était sur le point de pleurer. « Tout ce que je dis, c'est qu'on a un foyer aimant ici et que je peux m'occuper du bébé moi-même pendant que vous "tirez au clair" tout ce que vous pensez trouver. »

Les policiers s'en allèrent, annonçant qu'ils seraient de retour avec l'assistance sociale pour emporter l'enfant. Ils semblaient vaincus par la détermination de la dame. Elle protégeait férocement la fillette. Johan ne supportait pas de voir Petra dans une telle détresse, et lui-même avait gardé une sérieuse dent contre la police. Il demanda au policier s'il avait des enfants, et l'homme répondit que oui. « Eh bien, officier, nous n'avons jamais eu d'enfant, alors que nous en désirons un depuis très longtemps. Vous comprenez ce que ça fait à ma femme ? »

Le policier était déconcerté par ce couple qui

se battait pour un bébé noir. « Foutus libéraux au cœur tendre », marmonna-t-il en remontant dans la voiture.

Une voisine curieuse appela : « Tout va bien, Petra ? »

Petra raconta d'une traite toute l'histoire du miracle trouvé sur le pas de sa porte. « Comment on dit "être trouvé" en isiZulu ?

— *Tholakele*, le mot, c'est *tholakele*, répondit la voisine, encore en pyjama, qui se tenait maintenant dans leur jardin à faire des gazouillis au bébé. Elle est adorable », dit-elle.

Johan avait perdu la partie, et l'idée d'être père faisait son chemin en lui. Ils restèrent là à s'extasier, attendant avec anxiété l'arrivée des services sociaux. Pendant ce temps, la petite dormait paisiblement. « Tu as été trouvée, murmura Petra, et je te baptise Princesse Tholakele. » Elle se tourna vers Johan qui regardait par-dessus son épaule. Il hocha la tête, et ce fut scellé.

Ils tiraient leur force l'un de l'autre et se préparèrent pour le combat de leur vie contre les services sociaux. Au coup frappé à la porte, un frisson glacé leur parcourut l'échine. Ils ouvrirent et furent soulagés de voir que c'était Mbali, l'assistante sociale affectée à la zone des taudis où ils effectuaient leurs visites à domicile. C'était une dame d'une grande gentillesse, qui faisait preuve d'une détermination calme et tranquille dans son travail avec les enfants du bidonville.

Ce fut un grand réconfort pour Petra et Johan de savoir qu'elle allait s'occuper de leur cas. Elle leur expliqua que l'adoption serait un processus long qui débuterait une fois que la police aurait mené des investigations approfondies pour trouver qui avait abandonné la nouveau-née. En attendant, ils devaient convaincre les services sociaux de les autoriser à prendre soin du bébé. Leur engagement dans la communauté et la profession médicale de Johan joueraient en leur faveur. Leur âge, tous deux approchant la soixantaine, et le fait qu'ils étaient issus d'un milieu culturel et racial différent de celui de l'enfant pouvait en revanche poser problème. Ils n'avaient pas pensé à ce genre de choses.

« Oui, elle est noire, protesta Petra, mais comment vous pouvez déterminer son milieu culturel ? Elle n'a probablement pas plus de cinq jours. Elle pourrait être zulu, xhosa, congolaise ou n'importe quoi d'autre. J'aimerais qu'ils me disent comment ils déterminent son origine culturelle ! »

Mbali la calma, lui rappelant qu'elle était de leur côté. « Vous savez que je ferai tout ce qui est en mon pouvoir pour vous, mais pour l'instant, je vous conseille de prendre un bon avocat si vous voulez vous battre pour gagner. »

Ils comprirent que leur vie venait de changer en un clin d'œil. Plus les choses se compliquaient, plus ils étaient résolus. Après la visite de Mbali, ils allèrent acheter tout ce qui pourrait rendre l'existence de leur miracle tout neuf plus confortable. Petra s'abonna à des magazines sur la petite enfance et dénicha un groupe de soutien aux parents s'étant lancés dans l'adoption interraciale.

Mbali leur avait donné le numéro d'une avocate redoutable, une amie à elle tout juste revenue en ville. Elle leur dit que l'avocate était du genre à se battre comme un pitbull, à ne jamais rien lâcher, surtout quand il s'agissait d'enfants. « Elle ne prend que les cas qui sont importants à ses yeux, expliqua Mbali. Elle est un peu spéciale, mais que ça ne vous refroidisse pas. Elle se battra pour vous, jusqu'à ce que vous obteniez le droit officiel d'être les parents de cette petite princesse. » Petra s'accrocha au morceau de papier comme si sa vie en dépendait. « Elle s'appelle Nonceba Hlathi, précisa Mbali, avant d'ajouter, comme une arrière-pensée : Ça veut dire "brousse". »

Johan sentit sa peau fourmiller un instant. Mais ce serait trop énorme comme coïncidence. Il conserva un silence pensif pendant que Mbali et Petra faisaient le tour des démarches à venir.

« À quoi donc penses-tu avec ton air sérieux, monsieur le père de Princesse ? » demanda Petra d'un ton taquin après le départ de Mbali.

Tous ses souvenirs de Zimkitha l'avaient submergé, et il dut respirer un bon coup avant d'appeler l'avocate.

Le téléphone sonna, sonna puis, soudain, une voix se fit entendre.

« Bonjour, c'est Nonceba…

— Bonjour, ma…

— … laissez-moi un message et je vous rappellerai. » Un long biiiip suivit sa voix enregistrée.

Johan recommença.

## Chapitre 17

« Où est le bébé ? demanda Cleanman quand Mvelo rentra de l'hôpital les mains vides.

— Il est mort », mentit-elle sans la moindre émotion.

Cleanman fut abasourdi. Il se demandait jusqu'où le malheur pouvait s'acharner sur une jeune fille, qui avait perdu d'abord sa mère puis son enfant. Après un long silence, il dit : « C'est probablement mieux ainsi, petite. »

Elle acquiesça de la tête.

Elle était trop hébétée pour pleurer, et son cerveau travaillait déjà à un nouveau plan pour s'assurer que Sabekile était saine et sauve. Le lendemain, c'était le jour de collecte des ordures, quand les habitants des taudis sortaient en force. Elle se rendit en ville comme pour aller fouiller les poubelles, mais elle visait une seule maison. Elle fit profil bas tout en guettant attentivement la présence de Sabekile. Son cœur bondit dans sa poitrine quand elle les vit, le couple de Blancs âgés, avec son bébé. La femme tenait tendrement le nourrisson dans ses bras tandis que le mari l'aidait à s'installer sur le siège passager, avant de faire le tour du véhicule pour se mettre au volant.

Mvelo attendit près de la maison, et peu après ils furent de retour avec la police. Ils discutaient, montrant aux agents où ils avaient trouvé la nouveau-née hurlant. La police s'en alla, mais bientôt une dame portant un costume terne et des souliers sages fit son apparition. Sa voiture arborait le logo des services sociaux. Mvelo eut envie de hurler, persuadée que ça voulait dire que sa fille allait être envoyée dans l'une de ces institutions surpeuplées où les pensionnaires les plus âgés et le personnel abusaient des plus jeunes. Elle fut extrêmement soulagée de les voir tous sortir en discutant amicalement, et la dame des services sociaux s'en retourna sans le bébé. Le couple souriant avait gardé sa fille. Sa foi en sa prière solennelle s'en trouva restaurée.

Jour après jour, Mvelo continuait de rôder près de la maison, surveillant les allées et venues. Elle prenait bien garde de ne pas se faire remarquer, mais était incapable de rester éloignée ; la force qui l'attirait là était trop puissante. Elle avait encore, comme imprimée sur son bras, la sensation très nette du poids de Sabekile qu'elle avait bercée à l'hôpital et elle se languissait de sentir de nouveau la douceur de sa peau.

Environ un mois plus tard, Mvelo vit un jour l'homme de la maison s'en aller en voiture pendant que la femme, Sabekile dans les bras, lui faisait un signe de la main avant de refermer la porte d'entrée. Mvelo abandonna toute prudence. Comme en transe, elle marcha droit jusqu'à la maison et toqua à la porte. La femme rouvrit, Sabekile toujours dans ses bras. « Oui, mademoiselle, qu'est-ce que je peux faire pour toi ? » Elle affichait un sourire étudié, comme si elle n'avait pas remarqué que Mvelo dégageait une odeur d'ordures fumantes et qu'elle n'avait pas vu un bain depuis plus d'une semaine.

« Madame, j'ai faim. Vous auriez quelque chose à manger pour moi ? » C'était tout ce qu'elle avait trouvé à dire, et c'était la vérité, à défaut d'être la raison de sa présence.

« Je crois qu'on devrait te trouver des vêtements propres avant toute chose, et te débarbouiller un peu. On dirait que les temps sont durs pour toi », répondit la femme sans se départir de son regard bienveillant, malgré la puanteur. Elle donna à Mvelo un pain de savon et lui indiqua une douche extérieure. « Va te laver, et je t'apporte des habits de rechange. »

Peut-être était-ce la bonté de la femme et le parfum du savon Breeze, le préféré de Mvelo parce qu'il lui rappelait sa mère, qui firent monter des rivières de larmes à ses yeux. Ou peut-être était-ce la vue de ses seins douloureux, pleins de lait et sans bébé pour les téter. En tout cas, sous cette douche chaude et apaisante, elle pleura toutes les larmes de son corps.

Quand Petra revint après un moment, elle trouva Mvelo à genoux, submergée par son chagrin. Elle ferma les robinets et enveloppa Mvelo dans une serviette moelleuse et tiède, faisant resurgir des souvenirs de quand elle était petite, à l'époque où elle vivait chez Sipho avec sa mère, avant de connaître la pauvreté.

« Ça va aller, dit Petra d'une voix douce. Entre donc, viens faire la connaissance de Princesse Tholakele. » À l'intérieur, il y avait des photos du couple avec sa Sabekile chérie. Mvelo enfila une jupe en jean et un T-shirt rouge en coton, avec le logo de Coca-Cola dans le dos. Petra la regarda et sourit. « Comment tu t'appelles ? » demanda-t-elle.

La question ramena brutalement Mvelo au présent et elle sortit la première chose qui lui passait par la tête. « Je m'appelle Dora », mentit-elle. Elle avait peur, maintenant, parce qu'elle sentait qu'elle s'était trop approchée.

« Enchantée, Dora, moi c'est Petra. Et elle, fit-elle en montrant la petite Sabekile de Mvelo, tout sourire, c'est ma Princesse Tholekele. »

Mvelo regardait fixement le bébé, trop stupéfaite pour dire quoi que ce soit. Ses joues étaient rondes, elle était vêtue d'une superbe combinaison rose et respirait la satisfaction. Mvelo remercia Dieu d'avoir fait en sorte qu'elle soit en sécurité dans la maison de ces inconnus bienveillants. Petra offrit à Mvelo une assiette de bobotie[1] bien chaud. Elle détestait les raisins secs mais engouffra le plat. Son dernier vrai bon repas remontait à un moment.

Pendant que Mvelo mangeait, Petra lui raconta que c'était un grand jour pour eux, car Johan, son mari, était parti rencontrer une avocate qui les aiderait à régulariser l'adoption de Princesse. Soulagée, Mvelo s'imprégna de la chaleur et de la bonté qui régnaient dans ce foyer tout en l'écoutant.

1. Plat sud-africain à base de viande hachée, sauce tomate, chutney, raisins secs, épices, et d'une garniture à base d'œuf et de pain imbibé de lait.

Quand elle se leva pour partir, elle toucha Sabekile. Elle ne pouvait pas faire autrement. C'était une attraction aussi puissante qu'une douleur physique. Tout le temps qu'elle avait passé là, elle avait lutté contre le besoin de saisir le bébé pour le serrer avidement contre elle. Au lieu de ça, elle toucha simplement sa menotte en s'efforçant de paraître détachée. Le nourrisson agrippa fermement sa main entre les siennes et essaya de la porter à sa bouche. La dame rit et assura que tout finissait dans la bouche de Princesse ces derniers temps. Mvelo remercia Petra pour sa bonté et annonça qu'elle devait y aller.

Alors qu'elle s'apprêtait à partir, Petra lui parla du travail qu'elle effectuait avec son mari et lui donna un sac plastique plein de vêtements, en disant qu'elle voyait bien que Mvelo traversait une passe difficile. C'était la première fois que quelqu'un priait Mvelo de ne pas s'offusquer qu'on lui donne des affaires de seconde main. C'était un sentiment très étrange. Elle se sentait toute chaude à l'intérieur, elle n'était plus la mendiante sale et puante qui était arrivée devant cette maison. Sa gorge se noua de nouveau.

Incapable de verbaliser ses remerciements, elle se contenta de hocher la tête, tandis que ses yeux se voilaient de larmes. Petra lui serra l'épaule et répéta que tout irait bien.

Mvelo pleura presque toute la nuit et le jour suivant. Ce n'étaient pas des sanglots de tristesse, mais des larmes nées de la plénitude qui gonflait son estomac et son cœur. Quelle étrange journée !

Les chants en provenance de la tente s'insinuèrent dans les oreilles de Mvelo comme un rêve. Ça venait de l'autre côté de la colline, le vent portait les voix jusqu'à son taudis. Elle se réveilla en sursaut, son cœur cognant comme un tambour. Elle courut à la cahute de Cleanman, juste pour s'assurer qu'elle n'entendait pas des voix.

« Cleanman, tu entends ce bruit ? demanda-t-elle.

— Mon enfant, tu me surprends, répondit-il. Comment peux-tu dire que prêcher l'évangile, c'est du bruit ? Ta mère et toi assistiez régulièrement aux renouveaux de la foi du pasteur Nhlengethwa. »

Mvelo se figea. Cleanman lui lança un regard interloqué. Il avait mentionné *son* nom et, ce faisant, l'avait ressuscité une fois encore. Comment faisait-il cela ? Mvelo l'avait tué dans son esprit. À présent, il était revenu.

La musique s'estompa et elle retourna à sa cahute. Elle avait la tête lourde, comme si elle souffrait de la grippe. Un goût métallique dans la bouche. Elle but un verre d'eau pour tenter de rincer ce goût. « Vous êtes tous des enfants de Dieu. » La voix fut de nouveau apportée par le vent. Ses inflexions amollirent les muscles de Mvelo. Son seul verre tomba de sa main et se brisa en mille morceaux sur le sol. Sa vessie céda, le liquide chaud coula sur ses cuisses. Elle se mit à transpirer, les murs de sa cahute semblèrent se refermer sur elle.

« Je demande aux hommes présents sous cette tente de se lever et de dire "Je serai le gardien de ma sœur". » La voix gagnait en ferveur vertueuse. À peine neuf mois après avoir éventré le monde de Mvelo, Nhlengethwa était de retour, à l'affût de nouvelles victimes. Elle se mit à trembler, à gémir sous l'effet de la colère qui lui brûlait les entrailles. « Soyez des hommes sur qui on peut compter, continua la voix. Vous êtes nés pour être des protecteurs, mes frères. Venez à Dieu et jurez de protéger Ses anges. Souvenez-vous de Ses paroles : "Laissez venir à moi les petits enfants." » Sa ferveur atteignait son paroxysme, ne laissant aucun doute à Mvelo : le lion avait repéré sa nouvelle proie.

Son sermon convainquit Mvelo qu'elle devait faire quelque chose. Il fallait l'arrêter. La nuit suivante, elle fit le long chemin jusqu'à l'autre côté de la colline. Elle attendit et regarda la tente se remplir de gens. La musique commença, et il apparut, son violeur. Les malédictions de Mvelo n'avaient eu aucun effet sur lui. Il se tenait sur le podium, dressé de toute sa hauteur et de toute sa force, bien nourri par les dons de ceux qui cherchaient à tout prix la rédemption. À sa vue, elle se sentit toute petite, sans savoir quoi faire.

Ce fut quand il commença à prêcher qu'elle se rappela l'enterrement de sa mère ; comment les femmes entonnaient un chant chaque fois qu'elles voulaient décourager une oraison funèbre qu'elles jugeaient inconvenante.

« *Amahlathi, amahlathi aphelile. Akusekho ukucasha*. La forêt a disparu, il n'y a nulle part où se cacher », chanta Mvelo avec une assurance qu'elle était loin d'éprouver. Dans la pénombre de la tente, il ne pouvait pas la voir, mais les spots étant braqués sur lui, elle pouvait le voir, lui. La congrégation se joignit à son chant.

Mvelo s'avança lentement dans la lumière. Les anciens la regardèrent, hésitants ; ils ne savaient pas quoi faire, alors elle marcha librement jusqu'à l'avant sans être empêchée. À ce moment-là, elle vit dans ses yeux qu'il l'avait reconnue.

Elle ôta sa robe et sa culotte, et se tint devant lui et toute la congrégation, nue comme au premier jour. Avant que quiconque ait pu réagir, Nhlengethwa s'écroula comme une bûche. Son cœur si laid venait de lâcher sous le choc. Les hommes se précipitèrent à ses côtés, les femmes lancèrent une couverture à Mvelo, dans laquelle elle s'enveloppa.

Personne ne s'approcha d'elle. Même à l'église, la peur de la sorcellerie était puissante. Certains lui jetèrent du sel, qu'ils conservaient à proximité, d'autres invoquèrent le nom de Jésus pour qu'il chasse les mauvais esprits de son corps. Elle se contenta de resserrer la couverture autour d'elle, ramassa sa robe et sa culotte, puis sortit dans la nuit belle et douce de Durban. Elle marcha vers la mer et quand elle arriva sur la plage, elle s'assit et écouta les vagues lui murmurer leurs secrets.

## Chapitre 18

La nouvelle de la mort de Sipho parvint enfin jusqu'à Nonceba. C'était peu après le décès de Zola. Les nombreuses voix qui la dérangeaient d'habitude se faisaient moins pressantes ; être de retour sur le continent qui l'avait vue naître la reconnectait à elle-même, et les rêves troublants s'espacèrent eux aussi.

Trop occupée à soigner ses blessures, elle avait dû chasser toute pensée concernant les autres pour se concentrer sur la recherche de son équilibre, son centre qui s'était perdu en chemin. Elle n'avait pas abandonné l'espoir de retrouver son père, mais n'était plus obsédée par cette quête. Elle avait cessé de le rechercher activement après avoir consulté un charlatan de voyant qui avait affirmé que le seul moyen pour lui de se connecter à son père était de coucher avec elle. Elle lui cracha au visage et s'en alla sans un mot.

Finalement, toutes les routes menaient à Durban, la ville où elle avait trouvé l'amour auprès de Sipho, et avivé son propre instinct maternel en s'occupant de Mvelo.

Chaque fois qu'elle pensait à Mvelo, elle ressentait comme une piqûre. Elle se sentait coupable d'avoir brisé sa promesse, mais une partie d'elle-même savait que c'était nécessaire. Pour se séparer de Sipho, elle avait dû se détacher de tout ce qui lui était lié. Elle revenait à Durban, entre autres, parce qu'elle voulait s'inscrire à un cours d'homéopathie à l'université technologique.

Au bout d'un moment, elle commença à fréquenter de nouveau ses anciens repaires et fut bouleversée, dévastée quand, un jour où elle passait à son ancien cabinet en ville, elle apprit la nouvelle pour Sipho.

Le message que laissa Johan sur son répondeur la ramena vers son travail de juriste, alors qu'elle avait espéré ne pas revenir à l'exercice du droit. Quelque chose dans ce cas l'attirait. Il lui parla de la bataille légale dans laquelle ils étaient engagés avec les services sociaux qui menaçaient de leur retirer l'enfant, et elle pensa à sa grand-mère, élevée en orphelinat avant d'être adoptée.

« Oui, Mbali m'a informée. Je suis contente que vous ayez affaire à elle, lui dit-elle quand elle le rappela. Si elle vous fait confiance, comme vous l'affirmez, elle nous gagnera du temps ; j'ai besoin de quelques semaines pour me réinstaller. Je suis certaine que mes anciens collègues m'accueilleront, et nous pourrons nous battre ensemble. » Elle s'efforçait de se convaincre autant que lui.

Elle sentit monter en elle une poussée d'adrénaline bien connue. L'excitation d'une belle bataille juridique à venir lui fit monter le rouge aux joues.

Elle était de retour, travaillant de nouveau avec des gens qui avaient vraiment besoin de son aide.

Assise sur un futon dans l'appartement qu'elle louait sur le front de mer, elle passa en revue les notes qu'elle avait prises pendant son coup de fil avec Johan. Quelle terrible histoire de désespoir, abandonner une nouveau-née sur le perron d'inconnus ! Elle songea à la mère qui avait laissé son enfant. Elle fut envahie de tristesse.

Trois semaines après l'appel de Johan, elle se débrouilla pour convaincre les anciens associés de Sipho de la reprendre au cabinet afin qu'elle s'occupe de l'activité *pro bono* et qu'elle développe un service d'aide juridictionnelle dans le cadre de leur programme de responsabilité sociétale des entreprises. Lorsque Johan, comme convenu, la rappela, elle était d'excellente humeur, car elle reprenait son métier dans les conditions qu'elle avait choisies.

Johan accepta de la rencontrer en milieu de matinée à Tribeca, sur Florida Road.

## Chapitre 19

Malgré lui, lorsque Mbali avait mentionné le nom de Nonceba, Johan s'était autorisé une minuscule bouffée d'espoir. Peut-être cette femme était-elle une parente de Zimkitha, peut-être pourrait-elle les aider à retrouver sa fille ? Il fixa le rendez-vous avec elle puis se transforma en boule de nerfs. Petra n'arrivait pas à comprendre, et il éprouva le besoin de lui avouer le fond de sa pensée.

« Pourquoi tu ne m'as rien dit ?! s'écria-t-elle, manifestement excitée.

— Je ne voulais pas nous donner de faux espoirs, au cas où ça ne débouche sur rien, répondit-il simplement.

— Eh bien, on sera vite fixés, dans un sens ou dans l'autre, alors dépêche-toi d'aller là-bas, qu'on sache une fois pour toutes. On a besoin de l'aide de cette femme pour Princesse. »

Au moment où il prenait ses clés et se dirigeait vers la voiture, il dut faire demi-tour et se précipiter aux toilettes où il vomit le contenu entier de son estomac.

Petra lui tendit une serviette sans un mot et le

scruta pendant une minute. Puis elle dit : « Je vais y aller. J'irai la rencontrer, je lui dirai que tu as eu un coup de frousse concernant l'adoption.

— Tu ferais ça ? dit-il avec gratitude. Je suis désolé, Petra. Je croyais être prêt, mais là, c'est au-dessus de mes forces.

— Ou sinon, fit Petra, toujours pragmatique, on peut aussi y aller tous ensemble, et tu pourrais t'asseoir à l'écart et nous rejoindre plus tard, si tu t'en sens le courage. »

Ils étaient en avance. Il s'assit en face de la table qu'avait choisie Petra et commanda un thé pour se calmer les nerfs. Nonceba arriva au volant de sa Golf rouge.

Traversant la rue, vêtue d'un jean et d'un haut en coton, elle était le portrait craché de Zimkitha il y avait tant d'années. Johan sursauta et se brûla la langue avec son thé. Il n'existait aucun doute dans son esprit que cette femme à la coupe afro exubérante était la fille de Zimkitha. Ses mains commencèrent à trembler. C'en était trop, alors il se leva, laissa de la monnaie pour le thé et se dépêcha de sortir. Petra regarda son mari et comprit. Elle se leva à son tour et fit signe à Nonceba de la rejoindre à sa table.

Nonceba aperçut Petra avec Princesse Tholakele et s'avança vers elles. « Madame Steyn ? dit-elle en tendant la main. Je croyais rencontrer votre mari.

— Il s'est réveillé ce matin avec un gros mal de ventre, répondit Petra, et comme on ne voulait pas annuler, je me suis dit que je pouvais venir vous rencontrer avec Princesse. » Tout en parlant, elle étudiait les traits du visage en face d'elle. Elle avait le front de Johan, l'ourlé de ses lèvres, et une fossette reconnaissable au menton. Quand Petra se tourna pour jeter un coup d'œil détaché à la table de Johan, il avait disparu.

« Bon, madame Steyn, il semblerait qu'on se lance dans une bataille ardue. » Nonceba se préparait mentalement à la lutte et caressait les joues rebondies du bébé.

Petra dut camoufler le choc qu'elle éprouvait à voir la fille de son mari se tenir devant elle.

À mesure que leur conversation avançait, elle commença à se détendre, et elles se concentrèrent sur la fillette et leur cas. Elles se quittèrent en se promettant de lutter jusqu'au bout pour Princesse Tholakele.

Lorsque Petra rentra à la maison, elle raconta le rendez-vous à Johan. Elle lui confirma aussi être persuadée que Nonceba était sa fille. Elle comprenait son dilemme, mais elle savait aussi qu'il fallait faire quelque chose. « Et si on gardait pour nous ce qu'on sait jusqu'à ce que l'affaire soit résolue ? » proposa-t-elle. Ils tombèrent d'accord que ce serait probablement la meilleure façon de procéder.

Après son rendez-vous avec Petra, Nonceba prit la direction des taudis. Passer du temps avec le bébé lui avait rappelé ses propres responsabilités maternelles, et elle se sentait de plus en plus coupable d'avoir abandonné Mvelo. Elle devait absolument la retrouver et découvrir ce qu'elle devenait.

Mvelo avait réussi à éviter la plupart des visiteurs qui s'étaient présentés à sa cahute après la naissance de son enfant et, à présent, elle était troublée par la mort du pasteur Nhlengethwa. Une part d'elle-même était mal à l'aise : qu'il meure de cette façon, ce n'était pas ce qu'elle voulait. Elle voulait donner sa version des faits à la congrégation, exposer l'hypocrisie et les mensonges du pasteur. Elle était furieuse de ne pas en avoir eu l'occasion. Aux yeux de la congrégation, il était mort en saint. Elle n'éprouvait aucune tristesse au sujet de sa mort, mais se demandait tout de même si elle était mauvaise, comme le disaient les paroissiens.

Un coup à la porte interrompit le tourbillon de ses pensées. « Qui est-ce ? » demanda-t-elle. Elle avait appris à ne pas ouvrir à n'importe qui. C'était une porte fragile et branlante qui céderait sous un seul coup de pied, mais tant qu'elle était fermée, Mvelo se sentait en sécurité. Il n'y eut pas de réponse, alors elle ne bougea pas, mais les coups redoublèrent.

Cleanman observait l'action depuis sa cahute et s'approcha.

Mvelo l'entendit s'adresser à quelqu'un d'un ton rêche, puis il dit : « Petite, tu ferais mieux d'ouvrir à celle-ci. » Il avait une vague idée de qui était Nonceba ; Zola avait fait savoir à tous qu'elle lui avait volé Sipho.

Mvelo ouvrit lentement, et elle était là. Cette image de bonne santé qui se présentait à elle mit Mvelo en colère. Elle referma la porte et dit à Nonceba de retourner se faire foutre en Amérique en hurlant que personne n'avait plus besoin de ses stupides colis ici. « Tu peux te les garder, tes Dr Pepper et tes Mars ! » cria-t-elle, les yeux pleins de larmes.

« Petite, s'il te plaît, ce n'est pas une façon de s'adresser à ses aînés. Ta mère ne t'a pas élevée comme ça.

— Cleanman, ne t'en mêle pas. Toi aussi tu peux aller te faire foutre dans ta cabane et arrêter de te prendre pour mon père ! » Elle sanglotait, de nouveau à nu et vulnérable.

Le silence retomba au-dehors. Elle jeta un coup d'œil à travers une fente de la cloison et les vit tous deux s'en aller vers la cahute de Cleanman. À les regarder s'éloigner ainsi, elle fut envahie par un sentiment d'impuissance. Elle avait la fierté de sa mère, elle voulait qu'ils la supplient d'ouvrir la porte. Elle s'assit par terre et pleura, tandis qu'ils s'asseyaient devant chez Cleanman, attendant qu'elle veuille bien leur ouvrir.

« Où est sa mère ? demanda Nonceba à Cleanman, qui hésita avant de lui faire un vague compte rendu de ce qui s'était passé, et de conclure que ce n'était pas à lui de lui donner les détails.

— Il vaut mieux que vous attendiez qu'elle se calme, et elle vous racontera tout. » Cleanman ne se faisait aucune illusion sur son rôle dans la vie de Mvelo. C'était une jeune fille qui avait besoin d'être choyée, mais elle était aussi capable de se débrouiller toute seule. Ça faisait partie des raisons pour lesquelles Mvelo l'aimait bien.

Au bout d'un moment, la conversation se tarit entre Cleanman et Nonceba, qui se leva et dit :

« C'est ridicule. Je vais lui parler, même si je dois enfoncer la porte pour le faire. »

Elle conseilla à Mvelo de s'écarter parce qu'elle entrerait dans la cahute, quoi qu'il advienne. Puis elle poussa sur la porte de tout son poids jusqu'à ce qu'elle s'ouvre.

Mvelo ne pouvait la regarder en face tant elle était furieuse. Nonceba était une personne réelle, quelqu'un sur qui rejeter la responsabilité de tous ses malheurs. Elle se mit à trembler. Toute la colère de sa solitude remonta enfin à la surface. Puis elle éprouva un grand soulagement : elle n'était plus seule. Mais l'enfant en elle avait toujours envie de bouder et faire la moue.

Nonceba restait plantée là, absorbant tout le désespoir qui suintait de la cahute. Elle s'agenouilla et prit Mvelo dans ses bras, la serra contre elle jusqu'à ce qu'elle ait épuisé toutes ses larmes. Elle murmurait des paroles apaisantes, comme une prière, dans une langue que Mvelo ne comprenait pas. La vie avait été cruelle avec la jeune fille, elle lui avait enseigné une profonde méfiance des gens, et aujourd'hui, elle avait peur de faire confiance à Nonceba.

Ce fut seulement parce qu'elle s'était endormie que Nonceba put la transporter jusqu'à son appartement sans devoir se battre. Mvelo s'était assoupie sur les genoux de Nonceba, et Cleanman la porta jusqu'à la voiture, soulagé qu'enfin quelqu'un de compétent soit là pour veiller sur elle. Elle s'éveilla dans l'appartement pour trouver Nonceba debout à côté du lit, affichant une profonde tristesse. Nonceba lui dit que maDlamini lui avait tout raconté de sa grossesse et de la perte de son bébé.

« Eh bien, qui est le père ? C'est pour ça que tu as arrêté l'école ? » voulut savoir Nonceba.

Mvelo ne répondit pas. Elles mangeaient un *fish and chips*, son plat préféré. Nonceba s'en était souvenue, nota Mvelo en avalant avidement, toute fierté oubliée.

Nonceba tenta une autre approche. « Tu peux tout me dire, tu le sais, hein ? » Mvelo se contenta de baisser les yeux sur son assiette sans s'arrêter de manger. « Tu as dû connaître l'enfer. J'ai appris pour ta mère et Sipho. Je suis tellement reconnaissante de t'avoir trouvée. Tu peux rester ici avec moi, maintenant.

— Je ne veux pas rester ici, je dois retourner à ma cahute, répondit Mvelo, interrompant son repas et en proie à une soudaine agitation.

— Mais, Mvelo, tu es trop jeune pour vivre seule, essaya de la raisonner Nonceba.

— De toute façon, tu ne peux pas me forcer à rester. Tu n'as pas le droit de me faire subir de nouveau ce que j'ai enduré quand ma mère est tombée malade. Tu n'as qu'à trouver quelqu'un d'autre pour s'occuper de toi. Je ne peux pas recommencer, je ne peux pas. » Elle était dans tous ses états.

« Mais de quoi tu parles ? Je ne suis pas malade et je ne te demande pas de t'occuper de moi. C'est moi qui veux veiller sur toi. Tu as besoin de quelqu'un qui prenne soin de toi, pour changer. » Nonceba lui tint la main jusqu'à ce qu'elle se calme.

« Tu n'es pas malade ? » demanda Mvelo d'une voix hésitante.

Nonceba sourit. « Non, je ne suis pas malade.

— Mais Sipho a contaminé ma mère et une autre femme de son bureau, fit Mvelo en redoublant de larmes.

— Oh, non, non, non, ma petite, je ne suis pas malade. On peut aller voir le docteur pour faire un test, et tu verras que je me porte très bien. Mais pour l'instant, il est tard. On ferait mieux de dormir, on prendra cette décision demain. »

Mvelo la dévisagea longuement. Une femme qui paraissait en bonne santé lui rendit son regard. Mvelo l'avait admirée, autrefois, et avait envie de lui faire confiance à nouveau, mais elle n'y parvenait pas, pas encore. Elle ne la croirait qu'après avoir vu les résultats du test.

Sa seule certitude était que plus jamais elle ne s'occuperait d'une personne malade.

Elles se rendirent dans une clinique New Start où Nonceba fit le test devant une Mvelo vigilante et fut déclarée en parfaite santé. Mvelo semblait plus soulagée que Nonceba elle-même, mais celle-ci n'avait eu aucune crainte : elle avait toujours exigé le port de préservatifs.

Mvelo décida dans l'instant de raconter à Nonceba comment elle avait été violée, et que Sabekile n'était pas morte, qu'elle l'avait laissée chez une famille qui pourrait prendre soin d'elle. Nonceba écouta en silence et, à la fin de l'histoire, elle avait l'air hébétée, son visage aussi dur que celui d'une statue. « C'est ma faute, dit-elle. Après ma rupture avec Sipho, je me suis repliée sur moi-même, j'ai été égoïste. Je t'ai délaissée, j'ai brisé les promesses que je t'avais faites. Je suis vraiment désolée. » Sa voix était étranglée de douleur.

Les murs de béton que Mvelo avait construits autour d'elle s'écroulèrent, le barrage céda et elle sanglota pendant ce qui lui parut des heures.

Elle fut réveillée le lendemain par Nonceba. « Viens », lui dit-elle, et elle la conduisit au nord de Durban jusqu'à Westbrook Beach où elle loua un hors-bord. Le type les regarda avec curiosité, déconcerté par ces deux femmes noires qui louaient un bateau.

« Vous nous le louez ce bateau, oui ou non ? On n'a pas la journée. » Nonceba avait retrouvé son mordant. Il leur donna ce qu'elles voulaient et leur fit signer un formulaire de décharge le dégageant de toute responsabilité au cas où il leur arriverait quelque chose. Elles enfilèrent les combinaisons fournies avec le bateau, Nonceba dit à Mvelo de bien s'accrocher, et elles partirent en pleine mer. Quand elles furent assez loin, là où les vagues étaient douces, Nonceba coupa le bruyant moteur et laissa l'embarcation dériver. Autour d'elles, tout était incroyablement silencieux. Même le silence qui régnait entre elles était bienvenu.

Au bout d'un moment, Nonceba déclara : « C'est ainsi que les choses devraient être. La nature nous destinait à vivre paisibles et en sécurité.

« Bien, dit-elle quelques minutes plus tard, toi et moi, on a besoin de se débarrasser de toute cette laideur qu'on garde enfermée en nous, et c'est l'endroit idéal. Personne pour nous entendre ou nous déranger. Je suis tellement furieuse et triste de tout ce qui t'est arrivé que je ne trouve pas les mots. Et je sais que si je ne fais rien, ça me tuera, sans aucun doute. Et si c'est ce que je ressens, moi, je suis certaine que tu as toi aussi aujourd'hui une pierre à la place du cœur, et tu es bien trop jeune pour ça. Alors je pense qu'on devrait tout simplement se mettre à hurler. »

D'abord, Mvelo fut prise de court, mais elle se rappela la Nonceba d'antan, ses manières excentriques qui l'avaient tant aidée quand elle était petite et manquait d'assurance, et elle décida de lui faire confiance. Au début, elle se montra timide, mais voir Nonceba lâcher complètement prise l'aida à surmonter ses inhibitions et elle hurla à s'en casser la voix. Elles profanèrent le silence tranquille du vaste océan.

Puis elle se mit à rire. Elle rit encore et encore, sans pouvoir s'arrêter, jusqu'à couler au fond du bateau où elle pleura toutes les larmes de son corps puis fut envahie par une paix étrange.

Elles accostèrent plus tard dans l'après-midi, saines et sauves. Le type désagréable était heureux de retrouver son bateau entier et d'être débarrassé de « ces deux culottées », comme il les désigna. Nonceba était de trop bonne humeur pour se disputer avec lui.

Sur le trajet du retour vers Durban, Nonceba demanda à Mvelo : « Et ta fille ? Tu sais ce qu'elle est devenue depuis que tu l'as laissée ?

— Oui, répondit Mvelo. Je suis allée voir la famille en faisant semblant de mendier. La femme de la maison m'a fait entrer et m'a nourrie. » Mvelo n'aimait pas le tour que prenait cette conversation. Elle pensa à la police, elle pouvait être arrêtée et envoyée dans un centre de détention pour mineurs.

« On devrait informer la police, dit Nonceba, et je pourrais proposer de vous adopter, toi et le bébé.

Après tout, vous êtes comme une famille pour moi. La seule famille qu'il me reste, en fait, ajouta-t-elle tristement.

— Et si je suis arrêtée ? S'il te plaît, ne faisons pas ça. J'ai honte de ce que j'ai fait, et Sabekile est heureuse là où elle est. Cette femme m'a expliqué qu'ils se battaient pour la garder avec eux, supplia Mvelo.

— Attends une seconde… Tu connais le nom de la femme qui a recueilli ta fille ? demanda Nonceba.

— Oui, fit Mvelo, déroutée par la question et s'efforçant de se souvenir de ce nom. Je crois que c'était Peta ou Patricia, quelque chose comme ça.

— Petra, peut-être ? » Nonceba sentait monter l'excitation.

« Oui, je crois que c'est ça, Petra », confirma Mvelo.

Nonceba sourit. Elle avait un coup de fil à passer.

## Chapitre 20

Ce fut Johan qui décrocha le téléphone.

« Bonjour, monsieur Steyn. C'est Nonceba. Il y a des éléments nouveaux concernant votre affaire, je crois que nous devrions nous voir dès que possible. Ce n'est pas quelque chose dont je peux parler au téléphone. On peut se retrouver là où j'ai rencontré votre femme, demain matin, par exemple ? »

Johan sentit son estomac se soulever. « Qu'est-ce qui se passe ? Tu as l'air inquiet, fit remarquer Petra quand il eut raccroché.

— Je ne sais pas. Nonceba veut nous voir. Elle dit qu'il y a des éléments nouveaux dans notre affaire. »

Depuis l'arrivée de ce bébé, leurs vies étaient sens dessus dessous, et ça le vidait de toute énergie, lui rappelant les erreurs passées qu'il aurait préféré oublier.

« Je peux y retourner seule si tu n'es pas prêt, proposa Petra.

— Tu sais, Petra, je ne peux pas fuir éternellement. À un moment donné, il me faudra bien lui faire face. Si on attend que l'affaire soit résolue, ce sera un nouveau mensonge, qui pourrait redoubler sa colère. Je viendrai avec toi et, si je m'en sens la force, je lui dirai qui je suis. »

Le lendemain matin, ils montèrent tous en voiture, Johan, Petra et la petite Princesse.

À l'autre bout de la ville, dans le quartier de Morningside où elles avaient emménagé, quittant l'appartement du front de mer pour un cottage assez spacieux pour toutes les deux, Nonceba travailla dur à convaincre Mvelo de rencontrer ces gens pour s'assurer que c'était bien eux qui avaient sa fille. « Je peux me tromper, mais si ce n'est pas le cas, on peut se battre pour récupérer Sabekile », dit-elle. La seule chose qui rassura Mvelo fut que Nonceba consentit à ne pas prévenir la police pour le moment. Ainsi, elles se préparèrent, puis se rendirent à Tribeca à pied depuis leur cottage.

« C'est elle, la femme, c'est elle ! fit Mvelo, serrant fort la main de Nonceba alors qu'elles approchaient. S'il te plaît, allons-nous-en, elle va me reconnaître, supplia-t-elle en tirant sur le bras de Nonceba.

— Mais, Mvelo, tu ne vois pas ? C'est bien. Tu vas retrouver ton enfant et nous serons une famille. Ce n'est pas ce que tu veux ? »

Si, c'était ce qu'elle voulait. Elle le voulait si fort, mais se sentait incapable de regarder la femme en face pour lui dire qu'elle reprenait le bébé. Elle s'était montrée si bonne avec elle, et maintenant, Mvelo s'apprêtait à lui briser le cœur. Il était pourtant trop tard pour faire demi-tour : le couple les avait vues arriver.

Petra avait l'air désorientée. « Je te connais. Tu es

venue chez moi, l'autre jour », dit-elle au moment où Nonceba et Mvelo s'asseyaient. L'estomac de Mvelo fit des sauts périlleux.

Nonceba expliqua les liens qui l'unissaient à Sipho et donc à Mvelo. Quand elle en arriva à parler de comment Mvelo avait abandonné son enfant, Petra ne put retenir ses larmes. « Je le savais, dit-elle. J'ai bien vu que tu étais la mère. Et maintenant, qu'est-ce qu'on fait ? Comment on va se sortir de ce pétrin ? » Elle tenait Princesse Tholakele serrée fermement contre elle.

Johan demeura muet, aussi insensible qu'une pierre. Il évitait de regarder Petra, car ses pleurs le blessaient comme des couteaux. Mvelo était incapable de regarder qui que ce soit. Elle avait trop honte du rôle qu'elle avait joué dans cette triste histoire.

Un silence inconfortable descendit sur eux, à mesure qu'il devenait clair que Nonceba et Mvelo voulaient leur reprendre la fillette.

Enfin, Johan n'y tint plus. Il avait le sentiment d'être puni pour ses péchés, mais Petra ne méritait pas ça.

« J'ai connu une femme du nom de Zimkitha Hlathi, bredouilla-t-il. Elle a été jetée en prison pour m'avoir embrassé en public, mais c'était trop tard, car elle portait déjà mon enfant. »

Il parla vite avant de perdre courage.

Un silence stupéfait accueillit sa déclaration.

Johan plongea la main dans la poche de sa veste et en tira la photo d'une femme qui était le portrait craché de Nonceba ; la peau à peine plus sombre, les cheveux à peine plus bouclés.

Nonceba ne pouvait se souvenir de sa mère en chair et en os, mais elle avait vu des photos d'elle. Celle que tenait Johan représentait bien sa mère, aucun doute. Nonceba regarda le cliché, puis son père, et fondit en larmes.

Petra se leva avec Princesse et demanda à Mvelo de l'accompagner pour respecter l'intimité de Johan et Nonceba. Mvelo, trop abasourdie pour dire quoi que ce soit, suivit Petra jusqu'à une autre table. Elles s'assirent, trop effrayées pour échanger le moindre mot.

Petra berçait Princesse, lui murmurant des mots doux, et, en l'observant, Mvelo prit sa décision. Elle avait renoncé à Sabekile. Elle avait prié pour que son bébé trouve un bon foyer, et c'était le cas. Si cette femme acceptait de lui faire une place dans la vie de sa fille, acceptait qu'elle vienne la voir quand elle le voulait, elle la laisserait adopter Sabekile.

Si elle était heureuse d'avoir retrouvé Nonceba, celle-ci l'avait déjà quittée auparavant. Qu'est-ce qui l'empêcherait de recommencer ? Et que ferait Mvelo, alors ? Comment pourrait-elle s'occuper de Sabekile ? Elle refusait que sa fille connaisse un seul jour de faim.

« Sa place est avec vous, dit Mvelo à Petra. Si vous m'autorisez à lui rendre visite, elle peut rester chez vous. »

Petra pleura, et Mvelo lui prit le bébé des bras et la serra dans les siens. Elle s'enivra de cette sensation de chaleur et de douceur, de son odeur laiteuse. Elle ressentit un immense amour pour son enfant.

Les serveurs du restaurant observaient, perplexes, le drame évident qui se déroulait sous leurs yeux. Johan était comme enraciné à sa chaise, trop effrayé pour bouger.

« J'avais abandonné. J'ai cherché et cherché, et puis j'ai fini par renoncer », dit Nonceba entre deux hoquets d'émotion. Elle étendit ses mains au-dessus de la table pour prendre celles de Johan. C'était plus qu'il n'avait espéré.

« C'était la plus belle femme que j'aie jamais connue, expliqua-t-il. Je l'aimais, mais j'étais un pleutre. »

Nonceba baissa les yeux sur la photo. « Parle-moi d'elle. Je veux l'entendre de ta bouche. Ma grand-mère m'a raconté ce qu'elle savait, mais elle ne connaissait pas grand-chose de sa vie à Hillbrow. »

Il était environ dix-huit heures quand ils quittèrent enfin Tribeca, tous passablement épuisés. Ils n'avaient encore abordé aucun des détails concernant l'adoption et convinrent donc d'un autre rendez-vous à Manor Gardens, chez Petra et Johan.

Johan était soulagé que Nonceba ne l'ait pas rejeté. Les yeux brûlants de Zimkitha furent remplacés par ceux, aimants, de Nonceba. Elle en conclut qu'elle avait été rappelée à Durban pour terminer sa quête.

Johan et Petra n'en finissaient plus de compter leurs bonheurs. D'abord, ils avaient trouvé un bébé qui avait besoin de leurs soins, puis une fille qu'ils avaient cherchée dans tout le pays, et enfin une adolescente qui avait choisi de confier son enfant à leur foyer. Lorsque Mvelo annonça à Nonceba sa décision de laisser Petra et Johan garder la fillette, Nonceba lui rappela qu'ils devaient encore affronter les tribunaux.

Mvelo s'endormit, la tête bourdonnant des événements de la journée.

## Chapitre 21

La tension était palpable dans le tribunal : une rumeur circulait selon laquelle une fille-mère avait avoué avoir abandonné sa nouveau-née devant la maison des Steyn. Cleanman était là, et beaucoup d'autres des taudis étaient venus apporter leur soutien au bon docteur et à sa femme, qui avaient soigné et guéri nombre d'entre eux. Certains avaient menacé de manifester si l'État décidait de leur retirer l'enfant. « *Sizobhosha la enkantolo*[1]. Nous irons jusqu'à chier, ici même, dans le tribunal ! » Ils criaient leurs provocations dehors, devant les portes. À l'intérieur, la magistrate dut jouer du marteau à plusieurs reprises pour appeler au calme et faire taire le brouhaha excité.

Petra, Johan et Princesse Sabekile étaient au premier rang avec Nonceba et Cleanman ; tous les gens que Mvelo considérait comme sa famille. Les habitants des taudis se tinrent derrière eux tout le long de l'audience. Mvelo voyait avec reconnaissance ce réseau d'amour et de soutien qui semblait s'étendre sous ses yeux.

1. « Nous serons emprisonnés ici au tribunal. »

Après moult tergiversations, il devint évident que les représentants de l'État n'avaient pas beaucoup d'arguments ; Mvelo n'avait pas les moyens de s'occuper de l'enfant. Elle assura qu'elle saisissait pleinement la portée de ses paroles en déclarant les Steyn comme parents adoptifs de son choix pour sa fille. Le fait qu'elle ait risqué de se faire prendre à espionner leur maison pesa en sa faveur, en tant que preuve qu'elle n'était pas une bête sans cœur ayant abandonné son bébé à son sort.

Lorsque Nonceba fut interrogée quant à son autoproclamation en tant que tutrice de Mvelo, elle déclara qu'ayant été la concubine de Sipho, elle était de fait la belle-mère de l'adolescente. Mvelo suivait les délibérations sur un écran depuis une pièce voisine. Sa nervosité tourna à l'exaltation à mesure que Nonceba semblait gagner du terrain. Il fallut encore quelques audiences avant que le jugement final soit prononcé, et que les Steyn soient déclarés parents adoptifs de Sabekile.

Mvelo accepta de reprendre l'école dès l'année suivante et de redoubler sa troisième. Nonceba insista pour qu'elle retourne au même collège afin de faire face aux rumeurs selon lesquelles elle avait abandonné sa fille. C'était seulement ainsi, disait-elle, que Mvelo pourrait retrouver confiance en elle et assumer sans honte ce qui s'était passé.

Quand l'année scolaire débuta, Mvelo se demanda comment elle s'en sortirait. Alors qu'elle allait seulement sur ses seize ans, elle se sentait beaucoup plus vieille. Et elle n'était pas préparée à affronter les regards entendus et les coups d'œil à la dérobée qu'on lui jetait, en particulier les professeurs. Ses anciens amis étaient désormais dans les classes supérieures. Mais elle se dit qu'elle travaillerait dur, tout simplement.

Après les cours, elle passait le plus clair de son temps à Manor Gardens. Le premier mot de Sabekile fut « Maman », et elle le dit à Mvelo qui manqua s'évanouir d'émotion. Elle regarda Petra qui approuva d'un signe de tête en souriant. Mvelo serra le petit corps de Sabekile si fort que la fillette se contorsionna dans ses bras.

Alors qu'elles jouaient avec Sabekile, un soir, Petra dit à Mvelo : « J'ai su dès le premier jour où tu es venue ici que tu étais sa mère. Mais maintenant, à la voir grandir, il est évident que c'est ta fille. »

Mvelo trouvait que le bébé ressemblait à sa propre mère, et elle éprouvait une piqûre de chagrin à l'idée que Zola ne ferait jamais sa connaissance.

# Chapitre 22

Nonceba avait un vaste cercle d'amis et aimait recevoir chez elle. Mvelo se sentait d'habitude un peu comme un poisson hors de l'eau lors de ces fêtes ; du moins jusqu'à son premier béguin. Il avait dans les vingt-cinq ans, elle tout juste vingt, dans son année de matric ; mais avec lui, elle avait l'impression d'être une femme et pas une écolière.

« Sisi Nonceba, tu m'avais caché que tu avais une sœur si belle », dit-il pour charmer Mvelo, en lui faisant un baisemain. La sensation de ses lèvres sur sa peau la prit par surprise et elle remercia le Ciel de ce que son teint sombre cachait le rouge qui lui montait aux joues.

« Comment tu t'appelles, ma jolie ? demanda-t-il en la dévisageant de ses grands yeux souriants.

— Mvelo, répondit-elle tout en le scrutant de près, essayant de jauger ses intentions.

— Un nom parfait pour une vraie *lady*, dit-il, et elle esquissa un sourire timide. Ravi de faire ta connaissance. Mon nom est Cetshwayo Jama KaZulu, annonça-t-il avec fierté. J'ai travaillé avec ta sœur quand j'étais stagiaire. C'est un vrai tyran, mais on l'adore. »

Nonceba observait le spectacle, amusée. Elle s'abstint de corriger l'erreur du jeune homme quant au fait qu'elles étaient sœurs. Mvelo s'en félicita.

Pendant que les autres convives discutaient de sujets pesants tels que la démocratie, Cetshwayo s'assit à côté de Mvelo et lui demanda quels étaient ses projets pour l'avenir. Aucun homme ne s'était jamais intéressé à elle de cette façon, à ce qu'elle pensait, à ce qu'elle voulait faire de sa vie, et elle se surprit à se confier à lui avec aisance.

« Je voudrais faire carrière dans la musique », dit-elle, exprimant son rêve à haute voix pour la première fois.

Il parla de son amour pour le droit, de tout ce qui devait encore changer. Mvelo songea que sans avocats, elle aurait pu perdre Sabekile. La passion du garçon était pour elle une inspiration.

Ils commencèrent à sortir ensemble, avec la permission de Nonceba bien entendu, et il lui ouvrit tout un monde nouveau : conférences universitaires sur la Renaissance africaine, festivals de poésie, lectures… Certaines choses lui passaient au-dessus de la tête, mais ce n'était pas grave, elle aimait les partager avec Cetshwayo. Certaines performances provoquaient des émotions en elle qu'elle ne ressentait pas le besoin de comprendre, seulement les éprouver dans ses veines.

Un soir, Cetshwayo se leva pour lire. Les mots étaient si beaux que Mvelo commença à chantonner une douce mélodie pour l'accompagner. Il eut l'air étonné, mais lui sourit et poursuivit sa lecture. Ils étaient en parfaite harmonie.

Sur le chemin du retour, ils furent très silencieux, conscients que quelque chose venait de changer. Au moment de la déposer, il l'embrassa sur la joue. C'était leur deuxième baiser.

Ce fut seulement après qu'elle eut passé ses examens et terminé sa matric qu'il lui avoua être au courant de tout ce qu'elle avait traversé. Nonceba l'avait pris à part et menacé de lui couper sa virilité si jamais il s'avisait de faire du mal à Mvelo.

« Je savais que tu réussirais », lui dit-il. Et il l'embrassa de nouveau, cette fois sur la bouche.

Sabekile, qui commençait tout juste à marcher, représentait une grande source de joie pour Mvelo. La fillette adorait chanter, dans son étrange sabir mêlé de zulu, d'anglais, d'afrikaans et de xhosa, et réclamait aussi des chansons à Mvelo. Un jour d'été pluvieux typique de Durban, elle courut dehors, ses petits bras écartés, et dit : « Regarde, maman, les bisous de Dieu ! » La gorge de Mvelo se serra tant ça lui rappelait sa mère. C'était exactement le genre de chose qu'aurait dite Zola. Elle alla rejoindre Sabekile pour tournoyer avec elle, les bras grands ouverts, sous l'averse.

Après sa matric, Mvelo s'inscrivit en journalisme à l'université de KwaZulu-Natal. Elle espérait poursuivre son rêve d'une carrière de chanteuse, mais Nonceba l'avait convaincue d'étudier aussi quelque chose de pratique, afin qu'elle soit toujours en mesure de subvenir à ses propres besoins. Quand elles rentrèrent à la maison après les inscriptions, Nonceba se lança dans une de ses tirades, proclamant combien elle était fière de Mvelo. Elle la prit dans ses bras et la garda serrée contre elle un long moment, jusqu'à ce que Mvelo sente son corps se mettre à trembler.

Elle se raidit, se dégagea et vit que Nonceba pleurait. Elle ne comprenait pas. « Qu'est-ce qu'il y a ? demanda-t-elle.

— J'ai une nouvelle à t'annoncer et je doute qu'elle te fasse plaisir. Je retourne aux États-Unis pour mener des études sur l'une des réserves amérindiennes. Je pars pour trois mois, mais je te promets de revenir. »

Mvelo voyait bien que Nonceba craignait qu'elle le prenne mal, mais elle avait une famille, à présent. Elle savait qu'elle ne resterait pas seule.

Cetshwayo et elle conduisirent Nonceba à l'aéroport pour lui souhaiter bon voyage. « C'est un sacré personnage, celle-là, remarqua Cetshwayo tandis qu'ils agitaient la main pour lui dire au revoir.

— Ça, c'est clair », acquiesça Mvelo, en réalisant soudain que Nonceba ressentait également l'appel de ses autres ancêtres.

« Alors, quand est-ce que je te présente à ma mère ? » demanda un jour Cetshwayo sans préambule. Mvelo était passée de la passion à un amour paisible et confortable. Ils avaient échangé des baisers torrides, mais chaque fois que les choses commençaient à aller plus loin, elle se figeait. Le spectre de Nhlengethwa planait comme une ombre sur eux. Cetshwayo l'arrêtait quand elle essayait de s'excuser. « Ce n'est pas ta faute, je le sais, c'est ce salaud qui a abusé de toi, tentait-il de la rassurer, bouillant de frustration mais sans personne auprès de qui s'épancher.

— Eh bien, fit Mvelo, avant de vendre la peau de l'ours, la rencontre avec ta mère devrait peut-être avoir lieu après un passage dans une clinique New Start. »

Mvelo avait acquis une grande sagesse au cours de ses vingt ans d'existence et elle savait que quoi qu'il advienne, elle aurait la force d'y faire face.

***

## Galerie de portraits

**Sojourner Truth** (1797-1883) : de son vrai nom, Isabella Baumfree ; abolitionniste afro-américaine et militante pour le droit de vote des femmes, née de parents esclaves.

**Nongqawuze** (1841-1898) : prophétesse xhosa. Elle annonça que les colons anglais seraient rejetés à la mer par les esprits si le peuple xhosa abattait tout son bétail et détruisait ses cultures. Il s'ensuivit le massacre de plus de 300 000 bêtes et une grande famine.

**Ellen Serasengwe Khuzwayo** (1914-2006) : écrivaine et femme politique sud-africaine, militante anti-apartheid et pour les droits des femmes. Membre de l'assemblée nationale du parlement de 1994 à 1999 sous les couleurs du Congrès national africain (ANC).

**Lillian Masediba Ngoyi** (1911-1980) : militante anti-apartheid. Membre de la Ligue des femmes du Congrès national africain (ANC) à partir de 1952, première femme à être élue au comité exécutif de l'ANC.

**Ingrid Jonker** (1933-1965) : écrivaine d'Afrique du Sud, de langue afrikaans et issue de la communauté afrikaner. Sa dénonciation virulente des politiques raciales du gouvernement ainsi que de la censure croissante lui valut d'être reniée par son père, député du parti au pouvoir. Elle se suicida par noyade.

**Shaka Zulu** (1787-1828) : roi du royaume zulu de 1816 à 1828. Il fut l'un des monarques les plus influents de ce royaume, responsable entre autres de la transformation de l'armée zulu en une force redoutable via une série de réformes influentes de grande envergure.

**Nandi** (vers 1760-10 octobre 1827) : fille de Bhebhe, un ancien chef de la tribu du Langeni, et mère du célèbre Shaka, roi des Zulus.

**Mkabayi kaJama** (1750-1843) : fille du roi zulu Jama kaNdaba, tante du roi Shaka. Personnalité forte et sœur aînée du père de Shaka, elle fut l'une des rares à soutenir Nandi ainsi que le futur roi durant son enfance.

**Jama kaNdaba** (vers 1727-1781) : chef des Zulus qui succède à son père Ndaba en 1763. Il règne jusqu'à sa mort en 1781.

**Mfaz' Omnyama** (1959-2001) : artiste sud-africain de la musique maskandi, une sorte de folk zulu, guitariste renommé et parolier inventif.

## Remerciements

Merci à Modjadji Books d'avoir permis que cette histoire soit racontée. Toute ma reconnaissance à l'éditrice Andie Miller pour son travail de détective et d'écoute pour trouver la voix authentique des personnages. Ce fut parfois douloureux, mais aussi une expérience enrichissante. Merci aussi à tous ceux qui ont lu des versions brutes du manuscrit.

MIXTE
Papier issu de
sources responsables
FSC® C003309
FSC
www.fsc.org

L'éditeur de cet ouvrage s'engage dans une démarche
de certification FSC® qui contribue à la préservation
des forêts pour les générations futures.

Pour en savoir plus :
www.editis.com/engagement-rse/

10/18 – 92 avenue de France, 75013 PARIS

*Imprimé en France par* CPI

N° d'impression : 3045797
X07958/01